異世界で水の大精霊やってます。

湖に転移した俺の働かない辺境開拓

ISEKAI DE MIZU NO DAI SEIREI YATTE MASU

VOL. 2

著 穂高稲穂
HODAKA INAHO

ILLUSTRATION つなかわ

登場人物紹介
CHARACTER
フィオ
ナギとルトが保護した
魔眼を持つ虎。
ナギ
居眠りしていたところ、
大精霊として湖に転生した少年。
水を司る力と驚異的な
治癒能力を持っている。
ヨナ
ハーフエルフの少年。ナギを
呼び寄せる力を持っている。
ヘーリオ
ヨナの親友で、
しっかり者のダークエルフ。
ルト
ヨナの弟。好奇心旺盛で、
お兄ちゃん子。

レニアール
ヨナのライバル。鉄の手甲を使って戦うのが得意。
アンニア
勇者となったヨナとレニアールを指導する聖騎士。
アルミナ
各地を周っている商人の女性。商魂たくましい。
フィリー
エルフの冒険者。大精霊のナギを信奉している。

五年後の目覚め

高校生だった俺——冴島凪《さえじまなぎ》は休み時間に居眠りしていたら、目覚めた時には湖の大精霊になっていた。

並外れた癒やしの効果を持った湖の力を得た俺は、自分のもとを頼ってきた人々をその力で助ける。

人間の子供が湖に来て、母親の病《やまい》を治してほしいとお願いされたり、迫害《はくがい》から逃げてきたダークエルフを保護して湖の近くに住まわせたりしていた。

そしてある日、俺は奴隷《どれい》にされていたハーフエルフの少年・ヨナと契約《けいやく》を結ぶ。

牢の中で弱っていたヨナの弟・ルトを助けて、ついでに同じ牢屋に囚われていた少年たちを全員救出した。

その後、元日本人の賢者・アガツマユウキと出会い、ディアゾダスという禁呪《きんじゅ》に侵《おか》された闇竜《あんりゅう》を助けるなど、様々な出会いを経て湖に帰還。

しばらくして、ディアゾダスが人間によって討たれたという報告を聞いた俺は、ディアゾダスの子供・バラギウスを預かることになる。

ディアゾダスに続き竜人の里が攻められていることを知り、俺は同じ転移者で神聖竜《しんせいりゅう》になった武《む》藤弘明《とうひろあき》とともにその戦争に介入することを決意する。

ディアゾダスの敵討《かたきう》ちも兼ねて、敵である人間の『英雄《えいゆう》』を一網打尽《いちもうだじん》にしたところまではよかったが、その際に力をほとんど消耗《しょうもう》した俺は、保護した者たちを残して、二度目の眠りについたのだった。


水底からゆっくりと意識が浮き上がるような感覚に包まれながら、俺の意識が徐々に覚醒《かくせい》する。

薄ぼやけた視界が鮮明になっていき、水中のキラキラとした幻想的な景色が出迎えた。

『気持ちいい』

ひんやりとした湖の中をたゆたいながら、日が差す水面を見る。

徐々に浮上して、やがて俺の意識は水玉となって水中を飛び出た。

『皆は……』

気配を探ると、ヨナたちがサンヴィレッジオにいるのがわかった。

ヨナたちは、俺が目覚めたことに気づいたのか、どうやら駆け足でこの湖に向かっているようだ。

俺は水玉の状態で水面に鎮座して、彼らを待った。

『ん？』

彼らが来る前に、俺のもとに湖をスイスイと泳ぐスライムが現われた。

このスライムは、俺が眠りにつく前に村で世話していた珍しいやつだった。

なぜかはわからないが俺に懐いていて、こっちもなんだかんだで愛着が湧いている。

いわば、ペット的な存在のスライムだ。

『少し大きくなったか？』

そう問いかけると、スライムは体をブルブルと震えさせる。

喜んでいるような感情が読み取れた。

「キュイィィ～」

続いて空中から、小さい黒竜が可愛らしい鳴き声をあげて勢いよく飛びついてきた。

バラギウスだ。

『久しぶりだね、バラギウス』

自分がどれぐらい寝ていたのかわからないが、バラギウスの甘える様子を見る限り、かなり長い時間放置してしまったのかもしれない。

バラギウスは、それまでの寂しさを埋めるように、俺の頭上を旋回しながら鳴き声を上げる。

ほどなくしてヨナとルトの姿が岸の方に見えてきた。

そんな二人の姿を見て、俺は唖然とする。

「ナギ様～！」

満面の笑みで水辺のそばまで走ってくるヨナ。

少年らしく成長しつつも、女の子のような可愛らしい面影を残す中性的なイケメンに成長している。

そのヨナの後ろから、彼によく似た可愛らしさと快活さのあるルトが、手を振って駆け寄ってきた。

『二人とも大きくなったね』

「うん！」

「五年も経てば大きくなるよ！」

俺はヨナの言葉に衝撃を受けた。

『五年も経ってるの!?』

「そうだよ！　皆ナギ様が目覚めるのをずっと待ってたよ！」

俺は水玉の姿のまま、定位置であるヨナの頭の上に乗っかった。

五年前との視線の高さの違いに、成長を感じてグッとくる。

ヨナたちとともにサンヴィレッジオに向かう道中、色々なことを聞いた。

ヨナからは精霊魔法が上達したことや、精霊剣の制御が七割強出来るようになったことを教えてもらった。

それから、ルトの口からは一人でオーガを倒したと自慢げに話された。

「すごく強い魔物がサンヴィレッジオを襲ってきたんだけどね。僕が精霊剣で倒したんだよ！」

『すごいな。流石はヨナだ』

俺が褒めてあげると、ヨナは凄く嬉しそうにはにかんだ。

ルトも褒めてほしそうにいろいろと自慢話を続けた。

俺が心から褒めると気恥ずかしそうに、でも嬉しそうに頬を赤らめた。

そんな話を続けているうちに、サンヴィレッジオが目の前に見えてきた。

俺は、目の前に見えた光景に言葉を失い絶句した。

そこへ、俺を待っていたであろう面々が出迎えてくれる。

「目覚めたのですね、ナギ様！」

フィリーたちが駆け寄ってくる。

『久しぶり？　五年ぶりみたいだけど、元気そうで何よりだよ』

結界に覆われている村に入ると、待ち構えていたダークエルフたちやドワーフたち、ラミアや竜人や獣人、エルフと多種多様な種族に出迎えられた。

歓迎されている間も俺は村の変わりっぷりになかば放心状態だった。

とある建物に視線が釘付けになる。

眠りにつく前は素朴《そぼく》な村だったはずなのに、そんなのは見る影もなくビルが立ち並んでいた。

「どうじゃ？　すごいじゃろう」

背後の声に振り返ると、俺より前にこの世界に転移してきたユウキ・アガツマがいた。

『あ、アガツマさん!?　なんでここに!?』

「ナギが目覚めるのを予見したから会いに来たんじゃよ。それよりもこの建物群に驚いているようじゃのう。以前ナギがドワーフたちにマンションについて教えてあげたことがあったじゃろ？　ワシもルオとニオからそのことを聞いてな。気になってこの村に来てみたら、ドワーフたちが上下水道のこととか困ってたから、手助けしたんじゃ。そうしているうちにわしも楽しくなってきて、いろいろと教えた結果出来たのがあのビルじゃ」

その説明に俺は言葉を失う。

ドワーフたちのものづくりの力を甘く見ていたと最後に付け足すユウキ。

かくして、俺がいない間にサンヴィレッジオは異様な発展を遂げたのだった。

その功労者でもあるドワーフのガエルードとゴルサスが、俺に近づいてくる。

「どうだ！　すごいだろう！」

やってやったぜとニカッと笑うガエルード。

『うん、驚いたよ。以前とだいぶ見違えたね』

俺がそう褒めると、ゴルサスが言いづらそうに頬をポリポリ掻いた。

「それでよ、今の結界じゃ少々手狭になってきてな……目覚めたばっかで申し訳ないんだが、結界を広げてもらいたくて……」

『それは別にいいけど』

俺は人間の身体に戻って空中に浮かぶと、結界にエネルギーを供給して維持している精霊石《せいれいせき》に手を翳《かざ》した。

次の瞬間、結界がグンッと大きく広がる。

「このぐらいでいいかな？」

元の結界の三倍くらいまで広げてから戻ると、ドワーフたちが嬉しそうにしていた。

「おう！　これならしばらくは大丈夫だ！　ありがとうな！　野郎ども、行くぞ！」

俺に礼だけ言って、ゴルサスがすぐに駆け出していった。

他のドワーフたちが、その後ろを追いかけて走り去っていく。

彼らの建築技術で、このサンヴィレッジオはどうなっていくのだろうか……

少しだけ不安を覚えた俺の横では、ユウキが心なしかウズウズしていた。

ユウキも街の発展が楽しみなのかもしれない。

ドワーフたちが去ると、続いてラミアのルーミアが前に出てきて挨拶してきた。

「ラミア族を代表して、ナギ様のお目覚めに心から祝福を申し上げます」

「ありがとう。ラミアも結構増えたね」

「はい！　お陰様でこの結界内で安全に暮らせております。噂を聞いた同胞《どうほう》が助けを求めに来て、数が増えていきました」

「そうだったんだね」

俺が眠っている間の来訪者については、基本フィリーや俺の従えている精霊のスイコたちに任せていた。

まぁ、結界の中に知り合いがいるなら、助けを求めてきた場合は受け入れるように伝えたので大丈夫だろうが……後で移住者について確認しておこう。

それからダークエルフの男が前に出てくる。

「ナギ様がお目覚めになられたこと、ダークエルフ一同お祝い申し上げます！」

ダークエルフを取りまとめているダイラスが俺の前に跪《ひざまず》く。

彼らの数も爆発的に増えたようだ。

俺が眠っていた五年間で、安全に暮らせるこの地に仲間たちを集めたみたいだ。

ダークエルフたちは人族にとって迫害の対象。それだけに人の住む場所からこちらに身を寄せてきたものが多いのだろう。その数、一万近く。

全てのダークエルフたちが平伏《へいふく》し、口々に俺を讃《たた》えたり、感謝を述べたりしている。

圧巻の光景だ。

「とりあえずそんなに畏まらなくていいよ」

俺はダイラスにそう言って顔を上げさせた。

「ここでは皆仲良く平和に暮らしてさえくれればいいから」

俺の言葉に、割れんばかりの拍手が鳴り響いた。

「なんとお心の広い方だ。大精霊ナギ様……！」

ダイラスは感極まっているようだった。

すると、俺の横からフィリーたちがやってきた。

「流石はナギ様ですね！」

彼女たちとは冒険者ギルドで出会い、それ以降この村の開拓を手伝ってもらっている。

今や中心的メンバーだった。

フィリーの後に続いて、同じく冒険者仲間のガンドやシャナスがニコニコしながら俺のもとにやってきた。

その後も、俺がこの村に連れてきたみんなとの挨拶をした。

この五年間で奴隷から開放された子供たちも成長していて、その誰もが仲良さそうだ。

俺の近くでその光景を見ていたユウキが「良いところじゃな、ここは」とボソッと言った。

「みんなが互いを思いやって暮らしているおかげだよ」

「そうじゃのう」

「ところで、魔族の方はどうなってるの？」

ユウキが俺の目覚めに気付いて駆けつけてくれた理由――それは、もちろん久々に会いたいというのもあったかもしれないが、俺が眠っていた間の魔族の動向を伝えに来てくれたというのが大きな理由だろう。

俺も竜人の里で、魔族と接触して以来、彼らがどうしているかは気になっていた。

「それについては、ナギの屋敷でゆっくり話したい」

「わかった。じゃあ行こうか」

ということで、挨拶に来てくれた数々の種族にお礼を言いつつ、俺はヨナルト、それからユウキを連れてサンヴィレッジオの中へと入った。

向かう先はサンヴィレッジオの中心部だ。

近くで見ると、中心に行けば行くほどビルが建ち並び、道は綺麗に舗装されている。

もはや村とは言えない光景がそこにあった。

そして、前の記憶を辿って、自分の屋敷の前まで到着した時――

俺は三度《みたび》言葉を失った。

俺の屋敷は、モダンで前より一層豪華なものへと変わっていた。

「どうじゃ！　ワシとドワーフで作り上げた最高傑作の魔導建築じゃ！」

自慢げに紹介するユウキを見て、俺は小さくため息を吐いた。

いや、すごいのはすごいけど……

ユウキの協力を得てドワーフたちが勢いで作った俺の邸宅《ていたく》は、外観も建物の中もグレードアップしていた。

日本にいた頃にテレビで見たような豪華な三階建てになっている。

「どうじゃ？　気に入ってくれたか？」

「お、おぉ……」

ニヤニヤと聞いてくるユウキだったが、俺はこの変化に戸惑い、うまく返答できなかった。

一通り部屋を案内してもらうと、ゲストルームで一旦落ち着いた。

精神的な疲労から、俺は水玉の形になってヨナの頭の上でぐったりする。

そこで、ユウキはそれまでのテンションから一転して、真面目な顔になった。

「早速じゃが本題に入るぞ。今日ここに来たのは、聞いてほしい話があってな」

俺は黙って耳を傾けた。

「まず、ナギの気になっておる魔族についてじゃが……奴らはとんでもないことを仕出かした」

ユウキが重々しく言葉を続けた。

「魔物や獣を変容させ、その化け物を操って至るところで暴れさせているんじゃ。化け物は相当協力でな……滅びかけた国もある。人間の国々は大打撃を受けておる」

『人間の国以外はどんな感じなの？』

「エルフやドワーフや獣人、それから竜人の国も、人間の国ほどではないが被害は受けているようじゃ……」

『その化け物が現われたのは？』

「三年前じゃな」

そこでヨナが口を挟む。

「サンヴィレッジオも変な化け物に襲われたんだ！　すごい変な力でナギ様の結界を壊そうとしてきた！」

もしかして、俺が目覚めた時にヨナが話してくれたのってこのことなのか……？

念のためヨナに確認してみる。

『俺が寝てる間にそんなことが……その化け物ってもしかしてヨナが？』

ふとそこで、俺がいない間、この村の守りを任せていた精霊の眷属・スイコが姿を現した。

『そうです。ヨナ様が無事倒しました。我々精霊たちは、結界を守ることに注力しておりましたので……』

やっぱりそうだったか！　だとしたらヨナはこの数年ですごい成長を遂げたんだな。

『すごいじゃないか、ヨナ』

俺が嬉しい気持ちになってそう褒めると、ヨナが照れた。

一瞬和《なご》やかなムードが流れたが、スイコが黒い欠片《かけら》を置いたことで再び空気が一変する。

『ヨナ様が倒された化け物から、こんなものが出てきました』

『それは……闇の精霊結晶か？　かなり小さいし精霊力も弱々しい……っ!?』

そこまで言ってから、その小さくて黒い精霊結晶から、極僅かにディアゾダスが受けていた禁呪と同じ気配を感じ取った。

俺はその精霊結晶の欠片に一滴、自分の水を垂らす。

精霊結晶からは、細い黒煙が出た。

そして浄化されると、黒色から赤色に変わっていく。

元は火の下位精霊だったのだろう。

『俺の村を襲い、精霊に危害を加えたこの報いは、絶対に受けさせせる』

俺がそう決意すると、ユウキがどうどうと手を前に出した。

「まぁ落ち着くのじゃ。その子らが怯えてるぞ」

気付かぬうちに、怖い雰囲気を出してしまっていたみたいだ。

『ごめんね、二人とも』

俺が謝ると、ヨナはすぐに気を取り直したが、ルトは、さっきの俺がかなり怖かったようで、目にいっぱいの涙を浮かべていた。

ユウキの気遣いで、話はそこで切り上げて、そこからはご飯の時間にした。

二人の話を聞いてのんびり屋敷で過ごしていると、あっという間に夜になった。

ヨナとルトが寝たのを確認してから、俺とユウキは話を再開する。

ユウキは、ドワーフたちが作ったお酒をチビチビと飲みながら、話を始める。

俺も日中の疲れが取れたので、人の姿に戻った。

「それで今後のことなのじゃが、近々開催される連合会議に参加してほしい」

「連合会議？」

「魔族の企みを食い止めるために、わしら人間、武藤たちドラゴンの一族、そしてナギをはじめとした精霊とエルフ、そこにドワーフや獣人や竜人を加えて連合を組むことが決まったんじゃ。その面々が集う会議じゃな」

「なるほどね。以前味方を集めた時から、かなり協力者が増えたんだね。でも精霊側といっても、俺はついさっきまで寝てたから、他の大精霊に話が通ってないと思うんだけど……その辺は大丈夫なの……？」

『そのことに関してですが……』

俺の問いに答えたのは、ユウキでなくスイコだった。

『闇の大精霊フォルムス様、溶岩の大精霊シャルネオ様、砂漠の大精霊ミリオネスフォール様、雷の大精霊トゥネアクルヴァ様がご協力を約束してくださいました』

「ほとんどすべての大精霊とスイコがコンタクトを取ってくれたのか……それはすごいな。ありがとうね」

『いえ、お父様のお役に立ててすごく嬉しいです！　ちなみに、各大精霊様からは、あくまでも協力するのは同じ大精霊であるナギ様のためであるというお話をいただいています。人間たちとの関わりは全てナギ様に任せるとも』

「つまり俺が他の大精霊と、連合軍の面々との橋渡し役ってことかな？」

「そういうことじゃな。だからこそ、お主には精霊側として連合会議に参加してほしいんじゃ」

「なるほどね。俺は構わないよ。それで、その連合会議っていつなの？」

「今日から五日後じゃな」

ユウキが即答した。

「すぐじゃん！」

俺は思わずツッコミを入れる。

「お主が目覚める予知をもとに決めたからの。突然のお願いになったのは申し訳ないが、これは誰一人欠けることも、代理で誰かを立てることもできない大事な会議じゃ。よろしく頼む」

ユウキが深々と頭を下げた。

「わかったよ」

それからは軽い雑談が続いた。

俺が眠っていた五年間で起きたことや、ユウキが預かっている魔族の女性——マシュリスのその後について聞いた。

洗脳が解けて以降、彼女はユウキの助手として研究を手伝っているらしい。

魔物の召喚術に秀《ひい》でていて、研究に役立っているようだ。

精神も大分落ち着いて、幼児退行も起きていないとのこと。

だが、俺に対する恐れはまだまだあるようで、ここに連れてくることは出来なかったらしい。

「武藤さんは元気にしてる？」

「元気にしておる。報復に勇《いさ》むドラゴンたちをなんとか抑えて、今では竜王の右腕としてドラゴンたちをまとめていると言っておった。バカンスする時間がないと嘆いとったな」

「アハハ……まぁ、今回の問題が片付いたら目一杯羽を伸ばせるといいね」

そんなとりとめのない話は深夜まで続いた。

ほろ酔いのユウキはそのまま俺の屋敷に泊まっていくことを決めて、すっかり熟睡している。

俺は自分の部屋に戻った。

転移前の地球で見たような現代的な部屋の内装は、おそらくユウキのこだわりなのだろうが、俺にとっても居心地がよかった。

俺はベッドの上で寛《くつろ》ぎながら、眷属たちを呼ぶ。

「スイコ、スイキ、ミヤ、ミオ」

『『『『はい！』』』』

「俺が眠っている間、この村のことを任せっきりになってごめんね」

スイコには改めてになるが、それ以外の眷属にはようやくお礼を言えた。

『とんでもございません！　私たちはナギお父様のお役に立てて幸せです！』

『ナギ様、ナギ様！　俺もスイコみたいに強くなりたい！』

『スイキ！　ナギお父様にわがままを言ってはいけません！』

わがままを言うスイキを叱責《しっせき》するスイコ。

スイキとて上位精霊であり、精霊の階級としては、俺のような大精霊、スイコのような最上位精霊に続いて三番目。

この世界で十分な力を持っているのだが、最上位精霊となって格段に強くなったスイコがずっと羨ましかったようだ。

俺はそんなスイキの気持ちを汲んで、精霊力を分け与えることにした。

「分かった。俺が眠っている間に頑張ってくれたご褒美だよ」

五年間眠っている間に、俺の力がより安定したお陰で、力の受け渡しは以前よりスムーズだった。

俺の精霊力を授かったスイキが、最上位精霊へと成長する。

その姿は少年だった面影を残しつつも、十代後半くらいに大きくなった。

『ありがとうございます、ナギ様！　これでもっとナギ様の役に立てる！』

張り切るスイキとそれを押さえつつ一緒にお礼を言うスイコ。

まるで姉と弟のような関係に見える。

その流れで、俺はミヤとミオにも最上位精霊になりたいか確認した。

『『私たちは今のままでいい』』

迷うこともなく答えるミヤたちだったが、それに続けて、代わりのご褒美として、俺のペットのスライムをお世話したいとねだってきた。

湖をずっと守るうちに、そこで漂うスライムに愛着を持ったようだ。

それまでは、俺のペットだからということで遠慮して眺めるだけだったと聞いて、その律義《りちぎ》さに思わず微笑む。

俺が快く許可を出すと、二人とも嬉しそうにしていた。

感情が乏しく、あまり表情を変化させない二人の珍しい笑顔に俺の気持ちも和んだ。


それから数日経ち、連合会議当日を迎えた。

「それじゃあ行くぞ」

俺を迎えに屋敷にやってきたユウキとともに、会議の会場へ向かうことになった。

ユウキが大杖で床を軽く小突くと、床に魔法陣が現れる。

魔法陣の外側ではヨナとルト、スイコが見送ってくれた。

「行ってくるね」

俺はそう言いながら、三人に手を振る。

「行ってらっしゃい！」

「早く帰ってきてね、ナギ様！」

『お父様、お気をつけて』

ヨナ、ルト、スイコがそう言うと同時に、魔法陣がカッと輝き出す。

次の瞬間、俺は見慣れない部屋に転移していた。

「ここは？」

俺の質問に、ユウキが答える。

「ユナシア帝国の宮殿じゃ。もう皆集まってる。行こう」

ユウキに促されるまま俺は後を付いていく。

しばらく進むと、ユウキは大扉の前で立ち止まり、杖の頭で扉をコツンと突く。

巨大な扉がひとりでにゆっくりと開くと、中にある巨大な円卓が目に入った。

ほぼ全ての席に人が座っている。

ざっと見た感じ百人はいるだろうか……そのほとんどが人間で、他にエルフが一人、ドワーフが一人、獣人が五人、竜人が一人、それから武藤がいた。

それらの人々が、俺の姿を確認して一斉に立ち上がり、深く頭を下げる。

武藤は座ったままだった。

それ以外の人間も、チラホラと座ったままふんぞり返っているのがいた。

俺が円卓に歩き出そうとすると、ユウキが武藤の隣に空いている席を指さした。

「お主はひろむーの隣じゃ」

「あ、うん」

俺は、ユウキの言葉に従って武藤の隣の席に座る。

「よ、久しぶりだな！」

席に着くなり、武藤が明るく声をかけてきた。

「久しぶり？　かな」

眠っていた俺にとっては数カ月くらいの経過しか感じていないけれど、武藤にとっては五年ぶりの再会だ。

武藤との挨拶もそこそこに、杖で床をコンコンと叩く音が響き、会議が始まった。

先ほどまで立っていた皆が一斉に座り、広い議堂にユウキ声が響き渡る。

「さて、ようやく全員揃うことが出来た。まずは集まってくれたことにこの場で感謝を述べたい。ありがとう」

ユウキの言葉に、全員が耳を傾けている。

「魔族による脅威は差し迫り、多くの国々が身をもって、その片鱗《へんりん》を理解したと思う」

その言葉で、この場にいるほとんどが苦虫を噛《か》み潰《つぶ》したような顔をする。

俺の村と同じく、禁呪に染まった精霊石によって変容させられた魔物に襲われたのだろう。

中にはその襲撃で甚大な被害を受けた人もいるのかもしれない。

「化け物を倒して、脅威は去ったか……答えは否じゃ。まだ脅威は去っておらぬ。必ず奴らは何かを企み、我々を脅かすじゃろう。各国が個々で対応していてはいつかは限界を迎える。消耗《しょうもう》戦じゃ。そうならないためにも、我々は協力し問題を解決せねばならない！」

ユウキが強い口調で言った。

この場に集まった人々は恐らく各国の君主、国王や皇帝、首長といったリーダーなのだろう。

それぞれが明日は我が身と考えて、難しい顔をしていた。

そんな中、ドワーフが手を挙げる。

「ワシはドルガノフ王国国王のヴァノヴォフじゃ。その問題を解決するというのは……具体的にどうするのじゃ？」

ユウキはヴァノヴォフの問いに淡々と答える。

「ワシが情報を集めたところ、魔族が着実に戦争の準備を進めているというのが分かった。さらに、ワシの予見の力で、その戦争が三年以内に起こるのが視《み》えた。問題の解決……それは即ち、魔族との戦いに勝利することじゃ」

ざわざわざわ。

ユウキの言葉に会場が騒然となる。

そのほとんどが怯えているようだった。

語り継がれる古の魔族と神々の戦いでは、人間やエルフやドワーフといった、ほぼ全ての種族が神々に協力して圧倒的な戦力差を生んだ。にもかかわらず、決着がつかず長引いたという話を以前聞いたことがあった。

それほどまでに、魔族とは強く恐ろしい存在なのだ。

ユウキが大杖でカッと強く床を突くと、空気が揺らいだ。

そこから発せられた重く濃密な魔力が全員を包み込み、その威圧で騒ぎが収まった。

俺や武藤は特に気にならなかったが、ほとんどの人は額に大粒の冷や汗を浮かべている。

ユウキの圧倒的な存在感に慄《おのの》いているようだった。

すぐに重苦しい魔力がフッと消えた。

「悲観することはない。魔族に伝承ほどの絶大な力はもうないはずじゃ。かといって、ワシ等人間が束になって大戦を勝ち抜けるかと聞かれれば、それは難しいじゃろう……」

再びざわめきが起ころうとする前に、ユウキは床を突き、言葉を続けた。

「ワシ等が束になっても五分の戦なのはたしか。じゃが、それはドラゴンと大精霊という勢力がいなかった場合の話。今、この場にはドラゴンと大精霊がいる！」

ユウキが俺たちに目線を向けたのにあわせて、他の面々も一斉にこちらに注目する。

「この大戦には大きな希望があるのじゃ！」

ユウキが杖を天に掲げると、歓喜の声が上がった。

何やら大きく期待されているなぁと、俺と武藤は苦笑いをした。

ユウキが士気を高めた後は、話し合いは具体的なものになった。

各種族がどう協力体制を築くか、資金や物資の調達方法、魔族への対応、それから大戦に向けての準備など。

話し合いが白熱する中、俺と武藤はその光景を遠目に眺めていた。

実際の大戦が起きた場合に、人間たちと同じ動きをすることがほぼない以上、俺たちがかき乱すのも良くないと思ったのだ。

俺たちに何か意見を求めたいというような視線も多く感じたが、彼らも俺たちの存在を恐れ多いと思っているのか、遠慮して近づいてこない。

武藤は暇そうに頬杖《ほおづえ》を付いていた。

俺は終わるまで、じっと椅子に座って目を瞑っていた。

神経を研ぎ澄ますと、強者の気配があちこちから感じられるな。

この会議に参加している王たちの護衛だろう。

「ん？」

ふとそこで、そんな彼ら強者の中に、違った何かが混じっているのを感じ取った。

極薄くだけど、邪悪な……

「どうした？」

俺の様子に気がついた武藤が俺に尋ねる。

「なんか変な気配を感じたんだ。ちょっと気になるから行ってくるね」

俺は武藤にそう言い残して席を立った。

話し合いをしていた王たちは、一斉に俺の方を向いて静まり返る。

俺は部屋から出る前に精霊体となって姿を隠してから、扉をすり抜けた。

妙な気配のもとに向かうと、俺が怪しさを感じた人物はこちらに気がつく様子は無く、寛いでいた。

見た目は人間の姿だが、そばまで来て俺は確信した。

こいつは人間じゃない。

「な、何だ⁉」

何もないところに水の膜を出現させて、相手に気づかれる前に男を覆った。

突然水の膜に覆われた男は、目を白黒させていた。

俺はそいつの前に姿を表す。

「君、魔族だよね？　なんでこんなところにいるのかは後で聞くとして、とりあえず来てもらうね」

有無を言わさず、男を包み込む水を宙に浮かび上がらせると、俺は室内まで誘導した。

男は焦った様子を見せて、水膜の中で激しく暴れる。

だが俺が出した水の膜は、決して破れない。

皆のところに戻ると、俺とその後ろのものを見て一同が騒然となる。

それから一人の王が立ち上がって、俺に問いかけた。

「だ、大精霊様⁉　そ、その男がいかがなさいましたか⁉」

もしかして、この王様の護衛だったのだろうか。

まぁ、見た目は騎士っぽいしな。

取り乱す王を見て、ユウキはそれを宥《なだ》める。

「シェネス王、落ち着くのじゃ。それでナギ……その男がどうかしたか？」

だが、俺が答えるより先に武藤が鋭い口調で言った。

「……そいつ、人間じゃねぇな」

武藤の言わんところを察したのか、その言葉に場は再び騒然となる。

シェネス王は目を見開いて驚いていた。

そのリアクションからは嘘偽りは感じられず、この王が魔族を手引きしていた可能性はないだろうと感じた。

掴まった男は懐から変な道具を取り出して、必死に釈明《しゃくめい》する。

「ご、誤解です！　お、おそらくこの魔道具のせいです！」

ユウキが俺の方を見る。それは本当かと聞きたげな目をしていた。

そこに武藤が再び口を挟む。

「その魔道具からも妙な気配はするが、お前自身からしっかり邪悪な気配が沁み出てるぞ」

武藤の言葉に男は奥歯を強く噛み、ギリィと鳴らす。

だが、水の膜に捕らえられた男になす術はない。

ユウキが、静かに男に近づいた。

その様子をみんなが固唾《かたず》を呑んで見守る中、ユウキは杖の頭で水膜に触れた。

次の瞬間、バリバリバリとけたたましい音を鳴り響かせて、男を電気が襲った。

「……！」

男はその電撃を受けると、身体を仰け反り強ばらせる。

叫び声を上げることもできずに苦しんだ後、ユウキが杖を水膜から離した。

力無く倒れた男の身体から白い煙が上がる。

そして、皮膚が爛《ただ》れ始めて、ポロポロと崩れ落ちた。

そこから現われたのは、まさに魔族というべき姿だった。

本来の姿を晒して気絶したままの魔族の処遇を、王たちが急いで話し始めた。

即刻殺すべきだと主張したのが大多数。一方で、ユウキたち少数が尋問するべきだという意見を述べた。

俺と武藤がその流れを傍観していると、ユウキが王たちを落ち着かせ、魔族を尋問するということで話はまとまった。

しばらくして魔族の男は意識を取り戻した。

自分に集中する視線にハッとして、俺たちへの敵意を剥き出しにする。

「さて、お主に聞きたいことがある」

ユウキがそう問いかけた瞬間、魔族の男はこの後の流れを理解したのか、懐から短剣を取り出した。

それを自分の心臓に突き立てようとしているのを見て、その場にいたほとんどが驚愕する。

ユウキが止めに入るより早く、俺は水膜から水の縄を伸ばして、魔族の男の両腕を縛り上げた。

短剣が乾いた音を立てて床に落ちた。

「……クソッ」

魔族の男が憎々《にくにく》しげに吐き捨てる。

「全部喋ってもらうまでは簡単には死なせないからね」

魔族は俺の方を見て焦りを滲ませた。

ユウキの尋問が始まると、全員がそれを黙って見守る。

「まず始めに、お主の名を聞かせてもらおうか」

「……」

これだけ不利な状況でも魔族の男は沈黙した。

ユウキは杖の頭を水膜に触れさせると、先ほどと同じように電撃を浴びせる。

魔族の男は、悲鳴を上げられないほどの電流に襲われた。

杖を水膜から離すと、魔族の男は再びぐったりした。

水の縄に支えられて力なく項垂《うなだ》れている。

意識はまだあるようだが、度重なる電撃でハァハァと過呼吸気味の様子だ。

その苦しさは一目瞭然《いちもくりょうぜん》だった。

「さて、再度聞こう。お主の名は？」

「ハァ……ハァ……ジュー……ナス……」

弱々しく自分の名を名乗るジューナスという男。

「続いての質問じゃ。なぜお主は人間に化けてシェネス王の護衛をしていた？」

「……」

ジューナスは下唇を噛み、再び黙った。

「なるほど。苦痛が好みのようじゃな」

それを見てユウキが杖を近付けようとすると、ジューナスが恐怖に顔を歪ませる。

電気がよほど恐ろしいようだ。

「は、話す……話す……から……それをやめて……くれ……」

そう俺たちに懇願してから、ジューナスがぽつりぽつりと語り始めた。

「俺は……魔族軍の諜報部隊の一人だ。シェネス王に接近した目的は……今回の連合会議の内容を……偵察するため、特に会議に参加する大精霊とドラゴンがどういう存在なのかを知るためだ。この二大勢力は、こちらにとっても脅威になる可能性があったからな」

最初こそ途切れ途切れだったが、ジューナスは徐々に調子を取り戻して、そこまで説明してくれた。

話を聞く限り、魔族側は今回の大戦で俺たちが参戦することを把握しているようだ。

諜報活動が行われており、俺と武藤という戦力が知られている点で、この戦いでは既に後手に回っているな。

同じことを考えているのか、王たちは頭を抱える。

「狼狽《うろた》えるな。戦力自体がバレたところで、こちらにいるのは全種族の中で最強を誇る大精霊とドラゴン。先に知られたって問題ない！」

「そ、そうだ！　我々には大精霊様とドラゴンがついている！」

ユウキの言葉に誰かが賛同し、王たちが奮い立つ。

その様子を見て、危機的な状況にいるはずのジューナスは僅かに口角を上げていた。

俺はその様子が気になって質問する。

「一つ聞きたいんだけど……お前たち魔族がルギナス王国で攫った、多くの精霊術師と精霊の件、それらを使って何をしようとしている？」

俺がジューナスに問いかけると、王たちがシンと静まり返った。

と、同時にジューナスからはこれまでにない焦りや恐怖といった感情の揺らぎを感じた。

この質問が核心かもしれない。

俺はそう確信すると、精霊力を高めてジューナスを威圧した。

「知っていることは全部話してね」

ジューナスは奥歯をガチガチと鳴らして極度に怯え始めた。

「ナギ、脅しはそれくらいでいいじゃろう。それ以上やると、もはや話せなくなるぞ？」

「わかった」

ユウキに止められて、俺が威圧を辞めると、重い空気感から開放された王たちが大きく息を吸い込む。

俺の威圧を全身に受けたジューナスは呼吸が浅くなり、目の焦点が合っていなかった。

相当なストレスで精神負荷を負って、正気を保てなくなったのだろう。

このまま情報を得られなくなったら元も子もないと思い、俺は頭上から一滴の雫を垂らす。

俺の体を構成する神癒《しんゆ》の力を持った湖の水によって、ジューナスは意識を取り戻す。

正気に戻っても俺に対する恐れは消えなかったようで、怯えながら言葉を紡《つむ》ぎ始めた。

この世界で触れてはならない精霊という存在の静かな怒りを受け、ジューナスはようやく自分が何を相手取っているか自覚したようだ。

「せ、精霊術師は洗脳し、せ……精霊を召喚させ……、精霊をい、生贄に……クッ……カハッ！」

ジューナスの言葉に俺が怒りを覚えると、その感情にリンクして両腕を拘束する水の縄がギリギリと彼の腕を締めつける。

骨がミシミシと鳴って、その痛みでジューナスは呼吸が乱れていた。

「続きを」

俺の言葉にジューナスは苦痛に顔を歪め、額に大粒の汗が浮かび上がる。

「ハァ……ハァ……せ、精霊力を全て吸収し、ま、魔王の復活を……」

「なんじゃと!?」

今度はユウキがジューナスの言葉を遮った。

魔王の復活という言葉に、またしても全体が騒然となる。

魔王といえば魔族の頂点だ。古の魔族と神々の大戦のときには猛威《もうい》を振るった、正真正銘の化け物。その力は神々に届くほどと言われている。

「どの魔王だ！　どの魔王を復活させる気じゃ！」

鬼気迫る勢いでユウキがジューナスに問う。

「ハァ……ハァ……双黒《そうこく》の……血魔王《けつまおう》……ヴィデル様……」

それを聞いてユウキが力無く椅子に腰かけた。

それほど詳しくない俺は、その魔王がなんなのかユウキに尋ねた。

どうやら、伝承の神魔大戦で世界を脅かした魔王の一角らしい。それも最も力があった相手だとか。

ヴィデルは一体の神を滅ぼし、三体の神を地上に引き摺り下ろした伝説があるとのことだ。

それこそ再び蘇ったら、大陸全土に今とは比べ物にならない被害が出るようだ。

俺はユウキからジューナスに視線を移して、静かに言った。

「なるほど。まぁ、魔王以前に、魔族には精霊を生贄に精霊結晶を生み出したこと、それからその結晶に禁呪を込めて魔物に植え付けて化け物を生み出したこと。許せないことがいくつかあるからね。精霊を弄んだこと、必ず後悔させる」

俺がそう言うと、心の内の怒りが伝播《でんぱ》したようで、水の縄の締め付けが最大限に達した。そしてジューナスの腕がその力に耐えられず、ゴキンと折れる。

「グアアアアアアアア！」

ジューナスが激痛に喘《あえ》いだ。

「フゥー……！　フゥー……！」

痛みに耐えながら周囲を見回すジューナス。

「フ、フハハ……ま、魔王様は必ず蘇る……グゥウ……そして……必ず貴様らを滅ぼしてくれる」

激痛を堪えながら、最後の意地とばかりにジューナスは高らかに言った。

「滅べ人間ども……我らが悲願……この世界を……必ずこの手に……」

その言葉を最後にジューナスは気絶した。

魔王の復活を目論《もくろ》んでいることを知って、王たちは意気消沈《いきしょうちん》する。

「伝説の魔王に勝てる訳がない……」

誰かがそう言うと、その諦めが伝染したように、王たちが絶望する。

「いや、そう悲観するのはまだ早い」

先ほどまで座っていたユウキが、そこで声を上げた。

「そうだな」

武藤がその言葉を肯定する。

「それはどういうことでしょうか？」

王のうちの一人が不安げに尋ねると、ユウキが説明を始めた。

「そこの魔族、ジューナスだったか？　そいつは必ず魔王が蘇ると言った。つまり、現時点では魔王はまだいないということだ」

「た、確かにそうですが……いずれは……」

「じゃからこそ、向こうの準備が整う前に、魔王に対抗する力、勇者の選定を行うのじゃ。そして、軍の編成を行う。こちらが持てるすべてで魔王の復活を止めるのじゃ！　皆の者、よいな？」

ユウキの言葉に異論を唱える者はいなかった。

全会一致で賛成されると、それぞれがすぐに準備に動き出したのだった。

古の怪物

連合会議から一週間。

サンヴィレッジオに戻った俺はただただのんびり過ごしていた。

以前ディアゾダスを助ける過程で手に入れた卵を抱えながら、ソファでゆっくりしていると、ヨナが慌てて部屋に入ってきた。

「ナギ様！　なんか人間が来たよ！」

ラミアなどの異種族ならいざ知らず、この村に人間が来るのは珍しいなぁ。

「人間？　どんな感じの人？」

「えっと、白い服を着た人！」

「白い服？」

聞いただけでは、さっぱりわからない。

とりあえず、その人がいるというサンヴィレッジオの結界との境目までヨナと一緒に向かった。

結界のそばでは、ダークエルフの男たちが武器を持って外にいる人間を睨みつけていた。

それはそうだ。

ダークエルフは人間に迫害されてここまで逃げてきたのだ。人間に対して警戒しないわけがない。

俺はダークエルフたちの中に分け入って前に出た。

俺の姿を見つけると、白い服を着た男が名乗った。

「あ、あなたがこの結界村の主でしょうか？　わ、私はアルニス聖教から参りましたドーナンと申します！」

「アルニス聖教？　聖職者がサンヴィレッジオになんの用です？」

「勇者の件についてお話がありまして……」

それを聞いて、連合会議で言っていた魔族に対抗する勇者を集めるという話とすぐに結びついた。

だが、その件については、俺は基本ノータッチだ。

人間たちの中で勝手にやってることだと考えていた。

ますます何の用かわからない。

まぁ、勇者選定の関係者がここまで来たのだから、話だけでも聞くか。

ダークエルフたちを宥めてから、俺は聖職者たちを結界の中に招く。

「どうぞ中に入ってください」

そう言うと、彼らは戸惑いつつも結界の中に入ってきた。

「こ、この結界はあなたが……？」

「うん。俺は大精霊ナギ。この結界は、ここに住む皆を守るために俺が張ったものだね」

ドーナンたちが目を丸くした。

「た、大変失礼いたしました！　大精霊様とは気が付かず、ご無礼をお許しください！」

ドーナンと、その護衛の白い鎧をまとった騎士が一斉に跪く。

そんな彼らを、ダークエルフやラミアたちは厳しい目で見ていた。

「立ち上がってください。詳しい話は俺の家で聞きましょう」

アルニス聖教の人たちは、素直に立ち上がると俺の後を付いてきた。

サンヴィレッジオの中心部を歩く最中、彼らはそびえ立つビル群を間近で見て、呆気に取られていた。

「こっちです」

俺がそう言って先を行くと、ドーナンたちが慌てて付いてきた。

「す、すごいですね……あんなに大きく高い建物は初めて見ました……」

村以外に住む彼らからしても、ドワーフが建てたものはかなり高いようだ。

それから少し歩くと、俺の邸宅に到着した。

「さあ、上がってください」

ここでも驚きっぱなしのアルニス聖教の人たちを、俺はすぐに応接間に案内する。

「どうぞ座ってください」

ソファを勧めると、ドーナンがおそるおそる座った。

護衛の騎士の二人はドーナンの後ろに控えて立つ。

俺は改めて卵を抱えて向かい側に座った。

「それじゃあ改めて……ここに来た用件を聞かせて」

「は、はい！　この度、魔王が復活する恐れがあるということで、我がアルニス聖教はユウキ殿の要請に従い、勇者選定の儀式を行いました。その結果、神託により五人の勇者が選定されました！」

「……わざわざそれだけを報告に来たわけじゃないでしょう？　まさか、このサンヴィレッジオに勇者がいるの？」

「は、はい……そのまさかでございます……」

「このサンヴィレッジオはほとんどがダークエルフで、次にドワーフ、ラミアなどが住んでいる。人間は極わずかしかいない。そんな中に勇者が？」

俺としてはなかなか疑わしい話だ。

「そ、その……勇者になるのは人間だけではございません……エルフやドワーフ、獣人も勇者となる可能性がございます……」

「なるほど……それなら、このサンヴィレッジオに勇者がいるってのもあり得る話なのか」

「は、はい……」

ドーナンは俺の前で萎縮《いしゅく》していた。

「その勇者とは？」

「神託によれば、大精霊と契約を交わし、精霊剣を扱う子供がここにいるとのことでした。詳細な名前などは出ていないのですが……その特徴を持った者はここにいますか？」

今度は俺が驚愕する番だった。

このサンヴィレッジオに、今の神託に一致するのは一人しかいない……俺の契約者のヨナだ。

まさかヨナが勇者に選ばれるとは……頭を抱えるしかない。

正直、この村の人々を巻き込みたくないと思っていただけに、神託を下した神とやらに憤《いきどお》りが芽生える。

俺はドーナンに確認する。

「で、その神託で選ばれた勇者はこの後どうするの？」

「わ、我々のところで、来《きた》る大戦の時まで修行をしてもらいます……」

「俺の契約者を連れていくと言うんだね？」

鋭くなった俺の気配を察して、ドーナンたちは顔面蒼白になった。

だが、ドーナンとしてもここで引き下がるわけにはいかないようで、強い眼差しで見つめ返す。

するとそこで、別室で遊んでいたヨナとルトが慌てて応接間にやって来た。

二人はおそるおそる俺に駆け寄る。

どうやら俺の怖い雰囲気が、ヨナたちにも伝わってしまっていたようだ。

「ど、どうしたの？」

少しビクビクしながらヨナが聞いてくる。

「驚かせてごめんね。まだ大事な話をしてるから、別のところで遊んでてね」

心を落ち着かせて、ヨナとルトを優しく撫でた。

ホッとした二人は、俺が言う通りに応接間から出ていく。

「神託によって選ばれた勇者は絶対なの？」

「……はい。結果が覆ることはありません……そして、神により加護が与えられ、魔王に対抗する神聖な力を得るのです。その証として神紋《しんもん》が現れるはずです……」

ヨナにその神紋があるはずだと言いたげな様子だ。

俺は一旦席を外して、ヨナとルトがいる部屋に向かう。

「ナギ様！　お話はもう終わったの？」

ヨナが無邪気に尋ねてきた。

「もう少しかかるかなぁ。ヨナにちょっと確認したいことがあるんだけどいいかな」

「うん！　いいよ！」

快く受けてくれるヨナ。

「それじゃあ服を脱いで」

「え!?　う、うん……」

俺の要望に驚き、戸惑いつつも服を脱ぐヨナ。シャツを脱いで上半身が裸になる。

あぁ……これのことか。

ドーナンが言う通り、ヨナの左胸に神紋は確かにあった。水のような丸い紋様だった。

そして、ズボンに手をかけるヨナを俺は止めた。

「あ、ズボンはもういいよ。確認できたから」

「う、うんわかった」

「お兄ちゃん、それなに？」

ルトはナギの胸にある神紋を指さす。

「えぇ～っと……」

ヨナ自身もいつできたものか、何かをよく理解していないようで口ごもっている。

「あとでちゃんと説明するから待っててね」

俺はヨナたちにそう言い聞かせて応接間に戻った。

「うん！」

「はーい！」

戻ってきた俺を、ドーナンは期待と恐れの混じった目で見た。

俺は静かにソファに座りながら結果を伝える。

「……確かにあったよ。こんな感じの紋様が左胸にね」

手のひらの上に水玉が浮かび上がり、ヨナの左胸に浮かび上がった神紋の形になる。

それを見たドーナンが目を見開いた。

「み、水の神の神紋です！　水の勇者様です！」

興奮気味に言っているのを見ながら、俺はため息を吐いた。

水の神がヨナを勇者にしたのなら、もう認めるしかない。

俺は湖の大精霊だ。水に連なるものとして水の神に逆らう訳にはいかない。

だが、それはともかくアルニス聖教とやらにヨナを預けることに俺は不安を覚えていた。

「勇者だとわかったとして、すぐに連れて行くつもり？」

「できればそうさせていただけるとありがたいのですが……大戦までの猶予《ゆうよ》は三年と伺いました。それまでに勇者様方には万全になっていただきたいのです……」

「万全……ねぇ」

俺とドーナンの間に沈黙が流れる。

その沈黙を俺が先に破った。

「わかった。連れて行くのは許そう。ただし、それは契約者が了承した場合だ。そのうえで、契約者が同意した後に三日の猶予がほしい。俺の契約者はこのサンヴィレッジオにとって大事な存在だ。皆としっかり挨拶してから送り出したい」

「承知いたしました」

「それから……説得は君たちがやってくれ。俺は見ているだけだ。それじゃあ勇者を連れてくるよ」

俺は再び部屋を出て、ヨナとルトを応接間に連れて行った。

同じ兄弟のルトには、ちゃんと聞いていてほしいと思ったからだ。

ヨナたちが部屋に入ると、すかさずドーナンと護衛の騎士が跪いた。

ヨナとルトはギョッとする。

「ヨナ、君にこの人たちから用があるみたいだよ」

「僕に？」

俺がそう言うと、ヨナが首を傾げた。

それからドーナンによってヨナは説明を受ける。

説明が終わると、ヨナは開口一番――

「ぼ、僕が勇者ですか!?」

そう言って目をパチパチさせた。

「はい。ヨナ様は水の神様に勇者と認められました。是非我々と来ていただきたいのですが……」

ヨナは真っ先に俺の方を向いた。

「さっき見た左胸のあれが神紋ていう勇者の証みたいだよ。どうしたいかはヨナが決めるといい」

「僕が……」

「お兄ちゃん凄い！　勇者なの!?」

ルトの純粋な眼差しがヨナに向けられる。

ヨナは一拍置いてからドーナンに尋ねた。

「……勇者になったら僕の大事な人を皆守れますか？」

「はい、もちろんです。勇者様のお力は魔を払い、皆を守ることが出来ます」

ドーナンの言葉を聞いてしばし考え込んだ後、ヨナは結論を出した。

「ナギ様、僕はここの皆を守るために勇者になります！」

勇者になると決めたヨナの決意は固かった。

語り継がれる勇者伝説の物語は有名な話で、勇敢《ゆうかん》に魔王と戦った勇者に一度は憧れる男の子も多い。ヨナもその中の一人だったのだろう。

その勇者になったと聞いて、サンヴィレッジオの皆は驚いた。

子どもたちはヨナを取り囲み、いろいろ質問攻めしている。

みんな大興奮だ。

当の本人は助けてほしそうにチラチラと俺やルトを見た。

「しょうがない。助けてあげようか」

「うん！」

俺は、ルトと一緒にヨナのもとへ向かった。

『皆、ヨナが困ってるから落ち着いて』

「「「はーい！」」」

大勢の子供たちが俺の言葉に素直に従う。

そんな子どもたちの中を縫うようにして、ヨナとルトの大親友のダークエルフ――ヘーリオが目の前まで来た。

「……」

「……」

互いに無言が続く中、先に口を開いたのはヘーリオだった。

「おめでとう、ヨナ！　大精霊ナギ様の契約者で、しかも勇者になるなんて！　すごすぎるぞ！」

「ありがとう、ヘーリオ」

素直に喜び、ヨナは微笑んだ。

ヘーリオがヨナを応援している言葉ももちろん本心に違いないが、一方心の隅でヨナに嫉妬《しっと》していることを俺は感じ取っていた。

それでもヨナの親友でいてくれる。心優しい少年だ。

そしてヨナが勇者に選ばれたことはサンヴィレッジオ中に広まり、夜には盛大な宴が行われた。

勇者となったヨナを称えて、そして旅立ちを応援するように。

そこで、一緒にいたドーナンが、声高らかに、ヨナが水の神によって加護を授かり水の勇者になったことを改めて宣言した。

人間であるドーナンを気に入らないと感じているダークエルフやラミアたちさえ、このときばかりはドーナンの言葉に歓声を上げた。

それから三日後、旅支度《たびじたく》を終えたヨナは俺の家の玄関前にいた。

周りにはドーナンと護衛をする騎士たちがついている。

俺とルトも玄関を出て、一緒に結界のところまで行った。

「ヨナ、約束を忘れるなよ」

「はい！」

自分の力でどうにもならない時は俺を呼べと昨夜約束した。

ヨナは俺の契約者だから、契約紋で俺を呼べる。

どんなに離れていても、契約紋で繋がっている。

俺の力はヨナの力でもあるということを話した。

大精霊だからって呼ぶことを遠慮することは絶対しないように、と。

「ルトやサンヴィレッジオは俺に任せろ。無茶はするなよ。帰る場所があること、弟や俺たちのことを忘れずに頑張れよ」

「はいナギ様！　立派な勇者になって帰ってきます！」

「あ、それと、精霊剣の制御の練習は向こうでも怠るなよ。まだ七割の力しか引き出せてないんだから」

七割でも他を圧倒する絶大な力があるが、精霊剣の全ての力を引き出せるようになれば、ヨナの戦闘力は飛躍的に高まり、魔王との戦いにも必ず役立つ。

ヨナは、ガラスのように青く半透明な美しい剣を抱きしめて頷いた。

続いて、ルトが応援の言葉を贈る。

「お兄ちゃん、頑張ってね」

「うん。ルトも元気でね。ナギ様の言うことをちゃんと聞くんだよ」

ヨナはルトの頭を撫でた。

「ドーナン、ヨナを頼んだよ」

「はい！　我々にお任せください、大精霊ナギ様！　では参りましょうか、勇者様」

「行ってきますナギ様、ルト……あ、へーリオ！」

物陰に隠れていたへーリオが、ヨナとの別れ際に出てきた。

彼も見送りに来ていたことは分かっていた。

「……絶対戻ってこいよ」

「うん！」

ヨナは満面の笑みを浮かべて、大きく手を振りながら旅立った。

徐々に姿が小さくなっていく。

ヘーリオは、そんなヨナの背中を羨ましそうに見つめ、それからボソッと言った。

「……ナギ様」

「……ん？」

「俺、強くなりたいです。皆を守れるように……ヨナみたいに」

その言葉は心からの本心だ。

心の奥底で嫉妬しながらも、ヨナに憧れていた彼の本気だ。

俺はヘーリオの頭を撫でた。

「……分かった。だけど、準備に少し時間がほしい。いいかな？」

「はい！　強くなれるならいくらでも待ちます！」

ヘーリオが元気に答える。彼の才能のために用意しないといけないものがある。


ヨナを見送ってから三十日。

最初の頃はヨナがいなくなって寂しそうにしていたルトも、次第に元気を取り戻していた。

これはヘーリオのおかげでもある。

ルトを心配した彼が、兄代わりとなって何度も家に来てくれたのだ。

ルトのもとに来る以上、俺と一緒に来ることになるわけだが、最初の頃のヘーリオは、近くに俺がいることに慣れず緊張しっぱなしだった。

慣れてきて、しょっちゅう顔を出すようになってからは、ヨナの代わりとして面倒を見てくれている。

今では生活だけでなく、鍛錬も一緒にするようになっていた。

一緒に精霊魔法や剣の練習をしている光景を、よく見るようになった。

二人は今でも結構強いのだが、ルトからしたら兄のように、ヘーリオからしたら親友のように、強くなりたいと一生懸命だ。

バラギウスはというと、毎日森で獲物を狩って日々成長していて、こちらも強くなっていた。

ペットのスライムも、バラギウスの狩りを手伝っているようで、大抵の魔物はスライムの餌《えさ》になっていた。頼もしい限りだ。


それからさらにのんびり過ごすこと数日。

ユウキが突然家にやってきた。

饗《もてな》す間もないほど、緊迫した様子で入ってくるなり、頭を下げた。

「お主の力を貸してほしい！　頼む！」

ただならぬ様子を見て、俺は率直に尋ねる。

「いったい何があったの？」

「封印されていた古の大怪物ヒュドラが魔族によって復活してしまったんじゃ……このヒュドラは破滅の猛毒を有していて、我々だけでは手に負えないのじゃ……既に武藤たちドラゴンにも救援要請をしておるが、お主の力を借りたくてな。どうか、再封印の手助けをしてほしい……」

かなり切羽詰《せっぱつ》まっているようだ。

「ヒュドラなら前に相手にしたことあるよ。結構厄介なモンスターだったね。竜人の里とルギナス王国の戦争でマシュリスが召喚した時の話だけど」

「おぉ、既に戦ったことがあったのか！　それなら心強い！　頼む、助けてほしい！」

「まぁ、いいけど……スイコ、ちょっと出かけてくるからここを頼むね」

スゥっと現れたスイコは頭を下げる。

『かしこまりました、お父様。行ってらっしゃいませ』

スイコと話し終えた瞬間、ユウキの転移魔法で知らない場所に飛ばされた。

周囲は瓦礫《がれき》の山と化していて、人間の死体もそこかしこにあった。

グオオオオオオオオオオオ！

遠く離れた先に大きく見える、九つの頭のモンスター。あれはまさしくヒュドラだ。

だけど——

「何あれ……前に戦ったのと全然違うんだけど……でかくない？」

竜人の里とルギナス王国の戦争で倒したヒュドラはざっと三十メートルくらいだった記憶がある。

だが、今前方に見えているのは、優に五十メートルは超えた個体だった。

姿も以前戦ったのとは見違えるように異なっていた。

とにかく禍々しく、気配だけでかなりの圧迫感を感じる。

数体のドラゴンが空を旋回し、禍々しいヒュドラにブレスを浴びせているが、当のヒュドラはものともしていない。相当耐久力が高いみたいだ。

そのドラゴンの一頭――仄《ほの》かに黄金に輝く、青白い神聖な竜が俺のところに飛んできた。

あれは――

『来たか、ナギ』

予想通り武藤だった。

俺は武藤に話しかける。

「あのヒュドラ強いね」

『あぁ、俺たちの攻撃でもびくともしない』

「神魔大戦を生き延びた正真正銘、古の怪物ということじゃ。頼む、全力であの化け物を抑えてくれ」

ユウキの言葉を聞いて、俺は戦闘形態の水龍の姿になった。

「まぁやるだけやってみるか。本気でいいならそうさせてもらうよ」

何故かこの姿だと力が増すというか、戦いやすいのだ。

ヒュドラと対峙していた人間やドラゴンが、突如現れた水龍の姿に驚いている。
確かにこのタイミングで出たら、敵と認識されるかも……
「皆の者、うろたえるな！　大精霊のナギが来てくれた！」
ユウキが俺の考えを察してフォローしてくれた。
拡声の魔法で全体に向かって俺の存在が伝わる。
うおおおおおおおおお！
人間たちが安堵と希望の雄叫びを上げる。
『皆離れて～』
我ながら気の抜けた声でそう呼びかけた後、俺は口元に水を集めた。
集積する水がどんどん大きな塊になっていき、やがて空を覆うほどの水の塊ができた。
皆が慌てて逃げ出す。
『お前らも離れろ！』
武藤がドラゴンたちに命令すると、それに従って彼らも空高く飛翔《ひしょう》していく。
空を覆いつくす膨大な水は形を変え、幾万の水の槍になった。
その先端が、全てヒュドラを向く。
『くらえ』
水の槍がヒュドラに降り注いだ。
ドドドドドドドドド。

砲弾がぶつかるような轟音《ごうおん》が連続で鳴り響く。

煙《けむり》が巻き上がり、ヒュドラの姿が見えなくなるが、それからも水の槍が降り注いだ。

数分後、全ての水の槍が打ち込まれ終わった。

次第に煙が消え、姿が見えてくる。

俺の攻撃で大ダメージを受けたと誰もが確信したが――

『まじか……』

ヒュドラは無傷で、俺を睨みつけていた。

ヒュドラの周りには、怪物を覆う半透明の球状の膜があった。

「な!?　障壁じゃと!?」

『あの攻撃を防ぎきる障壁とか……本当にバケモンだな』

ユウキが驚愕し、武藤が苦笑いする。

『倒すつもりで攻撃したんだけど、無傷とはね。強いね～』

『つかアイツ、魔法使えたのか』

俺と武藤でヒュドラの強さに舌を巻いた。

俺が来るまでは力任せに暴れ、その肉体で全ての攻撃を受けきっていたようだ。

それだけでも十分脅威なのだが、魔法も使えるとなるともう災厄《さいやく》といっても過言ではないだろう。

グオオオオオオオオオオ！

ヒュドラが咆哮《ほうこう》する。

空気が振動し、ビリビリと強烈な威圧感が伝わった。

そして、ドシンドシンと地面を踏み鳴らして揺らしながら、瓦礫や死体を蹴り上げて俺のもとに向かってくる。

「ぬぅ！」

ユウキが杖を掲げると、激雷がヒュドラに降る。

轟音を響かせて雷が直撃し、全身から煙が立ち昇った。

剥がれた漆黒の竜鱗は、あっという間に再生する。

『あれだよ。アイツは並外れた耐久力と再生力がある』

武藤が目を細めて言う。

たしかにあの再生力があるなら、わざわざ魔法で防御する必要はないよな。

前に戦ったヒュドラもそうだった。

あの再生力はめんどくさい。その時は、精霊禁術《せいれいきんじゅつ》で塵《ちり》も残さないくらいに消したんだけど……

ヒュドラは俺たちの前に立ち、九つの頭で睨みつけてくる。

そして、ゆっくりと口を開いた。

九つの口の端からは黒煙が漏れ、禍々しい瘴気を漂わせながら、漆黒のブレスが吐き出された。

ユウキは一瞬で転移して消え、武藤は高速で躱《かわ》す。

俺はそのブレスで、身を引き裂かれた。

九つの黒いブレスは空を、地面を縦横無尽に理不尽に襲う。

『ナギ！』
体が裂け分かれた俺を見て、武藤が心配そうに呼びかけた。
『大丈夫。っていうかあんな攻撃で俺は絶対に死なないよ』
武藤が俺の言葉に安堵した。
ヒュドラのブレスを受けた地面や瓦礫、死体などは腐食して灰色の煙が出ている。
凄惨《せいさん》な状況だ。
俺の身体が、徐々に水が集まって元通りになっていく。
龍の姿に戻った俺は、空高く浮かび上がりヒュドラを見下ろした。
ヒュドラは空を見上げて、俺を睨み返した。
『まずは動きを止めないとね』
地面から無数の水縄が生み出され、魔法の障壁を突き破った。
あっという間にヒュドラの手足、胴体、九つの頭を縛り拘束《こうそく》する。
ヒュドラは激しく暴れ逃れようとするが、無駄だ。
大精霊である俺が操る水はやわじゃない。
グオオオオオオオオオオ！
ヒュドラは全身から膨大な魔力を放出した。
猛毒の性質が含まれているのか、その魔力で水縄がドス黒く汚染されていく。
『それ！』

対抗するように、俺は拘束する水縄に癒やしの力を付与する。

汚染された水縄は浄化されていき、ヒュドラをガッシリと再び拘束する。

「でかした、ナギ！」

空中に浮かぶ俺のすぐそばにユウキが現れる。

続けて四つの魔法陣が出現して、そこから四人の人影が現れる。

「皆よく集まってくれた」

ユウキがその人たちに語りかける。

いったい誰だ？

「ふむ、この怪物を再封印するんじゃな」

幼い少年のような姿の男がユウキに確認した。

外ハネの癖っ毛があるその少年は、俺の方に目を向ける。

「お主がユウキの言っていた水の大精霊か」

「ナギ、紹介する。そやつはヴィクールトという男じゃ」

「私はトリクス。よろしくねぇ～」

臀部《でんぶ》にまで伸びた長いロングヘアで、胸元を大胆に開いた魔女のような出で立ち、泣き黒子《ぼくろ》が似合う美しい顔をした妖艶《ようえん》な女性が続いて名乗った。

『あ、あぁよろしく』

突然の出現に戸惑いながら、そう挨拶を返す。

「君、ユウキから話は聞いてるよ！　なかなか面白い子だってね！」

いつの間にか、二十歳くらいの金髪のイケメンが真横から俺の瞳を覗き込む。

ユウキが呆れた顔で説明した。

「気をつけろナギ。そやつはロエトーといって、お主のような稀少《きしょう》な存在を好む変態じゃ」

「変態とは心外だなぁ」

ウェーブかかったブロンドヘアの貴族のような見た目で、王子様のようだった。

その右肩に現われた、顔のない子猿のような生き物を可愛がって、恍惚《こうこつ》とした表情を浮かべている。下手に近寄るのはやめておこう。

最後に、大杖を携《たずさ》えた腰の曲がった小さな老女が嗄《しゃが》れた声で言う。

「あたしはマナフィ。お見知りおきを、ナギ様」

その姿は賢者というより、街で暮らしてそうな年老いた老婆の方がイメージが近い。

「マナフィ様はわしら五賢者の中で最高齢のお方だ」

ユウキがそう言い終えたところで、ヴィクールトが水縄で地面に縛り付けられている状態のヒュドラを見下ろしながら言った。

「あれを封印すればいいじゃな？　なんとも禍々しいのぉ」

「できれば僕のペットにしたかったけど……あれは流石に無理だねぇ」

ロエトーがニコニコと言う。

「無駄話はそこまでだよ。ナギ様が押さえつけてくださってるのだ。さっさと封印するよ」

「そうじゃな」

マナフィの言葉にユウキが返事をする。

五人はヒュドラを囲むように陣取ると、魔力を解放した。

類まれなる魔力量だ。

ただならぬ気配にヒュドラは危機感をつのらせたのか、渾身の力で暴れ出す。

賢者たちを起点に精密で幾何学的な魔法陣が構築されていく。

線が繋がっていき、一つの巨大な魔法陣ができそうなタイミングで、突如ヒュドラの真下で大爆発が起きて黒煙が空高く舞った。

黒煙が晴れると、黒い炎を纏ったヒュドラが露わになった。

どうやら抜け出られたらしい。

万が一に備えて、賢者たちを水の膜で覆っていたからダメージはなかったが、五人は先ほどの魔法陣の失敗で体力を大きく消耗している様子だった。

ヒュドラが賢者たちに頭を向け、口を開けた。

黒い光線のようなビームが水の膜に直撃するが、激しく波打つだけで、破られる様子はない。

『皆離れて』

俺の指示の後に、ユウキの声が響いた。

「すまんナギ！　魔力を回復してもう一度封印を行う。それまであの怪物を抑えてくれ！」

『了解』

賢者たちがヒュドラから離れていく。

俺はヒュドラの目の前に浮かび、睨みを効かせて注意を引いた。

ガアアアアアアアアアア！

俺に顔を近づけて威嚇《いかく》すると、ヒュドラはそのまま俺に攻撃を仕掛けてきた。

一つの頭は黒い光線のビームを放ち、もう一つの頭は首を伸ばして噛みつこうとする。

俺はビームを水の壁で受け止めて、噛みつこうとする頭を躱して逆に噛みつき返した。

ギャアアアアア！

水龍の姿の俺に噛みつかれた頭の一つが大きく叫ぶ。

他の頭が魔法を使い、黒い猛毒の茨が現れて俺を縛り付けようとした。

俺は噛み付いている頭を引きちぎり、その魔法攻撃を躱すと、噛みちぎった頭を吐き捨てる。

だが損傷を受けたヒュドラの頭はあっという間に再生した。

三つの頭が魔法を発動し、巨大な黒い玉が現れる。

その玉は周囲の生命力、さらに俺の精霊力さえも奪う力があった。

俺は水刃を放って、黒い球を発動する三つの頭を攻撃した。

水刃を受けた頭は首が切断され、ズルっと落下するが瞬時に再生する。

黒い玉はそのまま残り続けて、生命力と俺の精霊力を吸収してどんどん大きくなっていく。

『くそ……厄介だな……』

無数の水刃を放とうとした時、眩く輝く青白い光線が遠くから黒い玉に直撃した。

黒い玉は風穴を開けて崩壊していく。

光線が放たれたところを見ると、竜の姿の武藤がいた。

あれは武藤のブレスか……

近くまで飛来してきた武藤に俺は礼を言った。

『ありがとう。助かったよ』

『おう。それより、こいつをどうするかだな……』

俺は再び水縄で拘束しようとするが、ヒュドラが纏う黒炎ですぐに汚染されることに気付いて断念した。

『魔法は俺が対処するから、ナギはあいつの本体をどうにか頼む』

『分かった』

俺は大量の水を集めて操り、武藤は全身を光り輝かせる。

ヒュドラはそんな俺たちに臆することなく、一番の咆哮を轟かせた。

ヒュドラは邪悪な魔法で魔力や生命力、精霊の力を吸収する黒い玉を無数に作り出すが、神聖竜である武藤がブレスでそれをことごとく破壊していく。

俺はその隙に自分の精霊の力を高めて、大量の水を作り出してヒュドラにぶつける。

瓦礫を巻き込んだ水は濁流《だくりゅう》となり、巨大なヒュドラを襲う。

膨大な濁流を一身に受けて、ヒュドラは押し流されたように見えた。

……だがそんなことはなく、ヒュドラは悠然とその場に佇む。

宙に浮かぶ俺と武藤を睨みつけていた。

ヒュドラの全身を包む黒炎が俺の流した水を侵食したことで、周囲には猛毒の沼ができていた。

その沼は瘴気を発生させて、空間自体が汚染される。

『……やるしかないのか』

精霊禁術の使用が脳裏を過《よ》ぎる。

だが次の瞬間、武藤が眩い光を放って全てを包み込んだ。

その光が消えた瞬間、ヒュドラの周りにあった瘴気を発する猛毒の沼は浄化されていた。

『まずはあの炎をなんとかしないとな』

『ありがとう。そうだね』

俺は武藤に頼もしさを感じた。

武藤は大きく翼を広げると、神々しい魔力を全身から発する。

空に現われた魔法陣から神聖な光がヒュドラに降り注いだ。

ギュアアアアアアア！

ヒュドラは九つの頭を振り回して苦しそうにもがき叫ぶ。

全身を覆う黒い炎は蒸発するように薄れていくが、なかなか消えない。

『ナギ、今だ！』

武藤の言葉に従い、俺は大海を思わせるほどの膨大な水を操りヒュドラを包み込んだ。

ヒュドラはその中で必死にもがくが、次第に動きが小さくなっていき、ついには口から夥《おびただ》しい量の血を吐き出した。

『何をしたんだ？』

武藤は俺の真横に飛んできて不思議そうに尋ねる。

『ヒュドラを包み込んでいる水の圧力を上げたんだよ。今は深海六千メートル並みの水圧に肺とかが潰されているはずだよ』

『そ、そんなことも出来るのか……』

武藤は神妙に呟く。

これで死んでくれたらいいのだが流石にしぶとい。

ググググと首を動かして、ヒュドラが俺たちを睨みつける。

九つの頭をこっちに向けて、最後の一発と言わんばかりに一斉に口を大きく開ける。

次の瞬間、黒い光線がいっせいに放たれて集約し、一つの巨大な光線となった。

俺は水を操って武藤を吹き飛ばして回避させた。

それと同時にヒュドラを包んでいた水が霧散《むさん》する。

『ナギ！』

武藤の声に応じるように、おれは再び自分の身体を再生させた。

『大丈夫』

『お前……何でもありだな……』

呆れたように言う武藤。

ヒュドラは全身から黒い煙を上げて、負傷した箇所を再生した。

完全に回復させないために俺は数百万の水の刃を放ち、武藤は魔法で神聖な光の剣を無数に作り出してヒュドラに打ち込む。

ヒュドラは夥しい傷を受けながらもどんどん回復し、俺たちまでしぶとく首を伸ばす。

武藤の鋭い爪で首を切り落とされ、水龍の姿の俺に体を食い千切られてもなおヒュドラの力が衰える気配は一切しない。

周辺の地形は俺たちの戦闘によって見る影もなく、そこで人々が暮らしていたと言われなければわからない程に荒れ果てている。

「すまん、待たせた……」

俺のすぐ横にユウキが転移して現れた。

『魔力は戻った？』

俺の問いかけにユウキが頷く。

『俺たちはどうしたらいい？』

「もう一度あの怪物を拘束してほしい。ワシらで改良した封印魔法で次こそは封印する」

『やってみるよ』

まさか魔力の回復だけじゃなく、魔法の改良までしていたなんて……賢者のすごさを感じながら、俺は武藤にユウキの指示を伝えた。

ヒュドラを拘束する機を窺いながら、数時間の攻防を続けるうち、絶好のチャンスが訪れた。

ヒュドラの首を八つ切り落として、再生を遅らせるために武藤の魔法で傷口を焼く。

首が一本になりながらも、ヒュドラは死に物狂いで激しく抵抗したが、やっとのことで拘束することに成功した。

「今じゃ！」

一瞬の隙も見逃さず、ユウキが指示を出すと、賢者たちが拘束されているヒュドラの周りに一斉に転移した。

圧倒的な魔力が瞬時に放たれて、ヒュドラを中心に円を描くように魔法陣が現れる。

最初の時よりも更に緻密に描かれる模様。

その後真っ黒な空間がヒュドラを侵食していく。

ギュアアアアアアアアアアア！

真ん中に残る一つの首の断末魔がこだまする中、やがて真っ黒い空間は魔法陣内を地面ごと抉り取って包み込んだ。

黒い空間が徐々に小さくなり、完全になくなった頃、そこにはヒュドラの姿はなく円形に地面が消失していた。

『終わった……』

武藤はそう呟くと、神聖竜から人間の姿になって地面に横たわった。

俺も水龍の姿から人間の姿になり、横たわる武藤の横に腰を下ろす。

「お疲れ様」

「おぉ……あ〜、ほんとに疲れた！」

そんな俺たちのもとにユウキたち五賢者が集まってくる。

「二人とも今回は本当に助かった」

ユウキは俺たちに頭を下げた。

「もうしばらくは何もしたくないぞ」

武藤の言葉に、ユウキは苦笑いを浮かべる。

「大精霊ナギ様、神聖竜ヒロムート様、この度はご助力ありがとうございます。おかげで被害をここで抑えることができました」

マナフィが曲がった腰のまま深く頭を下げた。

「どうか頭をあげてください。お役に立ててよかったです」

「あの怪物はどうなったんだ？　もう出てきたりしないよな？　また相手にするのはごめんだぞ」

武藤がげんなりした表情で尋ねる。

「それは大丈夫。あのヒュドラはこの特異空間に閉じ込めてある」

武藤の疑問にユウキが答え、ビー玉ほどの小さな真っ黒い玉を見せた。

これがユウキの言う特異空間らしい。

黒い玉をユウキがマナフィに渡すと、彼女はそれを木箱に入れて蓋をした。

木箱には魔法文字の模様が這うように刻まれ、更に封印が施される。

それをマナフィが厳重に保管するようだ。

「それにしても、すごい戦いだったわねぇ～。地形がめちゃくちゃよ」

トリクスが扇で口元を隠しながら言った。

「衝撃がわしらのところまで轟いておったぞ」

ヴィクールトもトリクスの言葉に頷きながら、感嘆している。

「大精霊と神聖竜を相手にここまで戦えるなんてね～！　すごい怪物だよ、ほんと！」

ロエトーは、マナフィが手にする封印が施された箱を物欲しそうに見つめていた。

「ナギ様とヒロムート様のおかげで被害は抑えられましたが……犠牲となった者も大勢います」

「そうじゃな……彼らのために祈ろう」

マナフィの言葉にヴィクールトが応じて祈りを捧げ始める。

他の賢者たちもヴィクールトの祈りに倣って黙祷《もくとう》する。

一つの都市と周辺の地域が消滅するほどの甚大な被害だ。

その犠牲者は十数万にも及ぶだろう。

俺は精霊力による癒しで、武藤は神聖な魔力で、この地に残るヒュドラの穢れを浄化して、犠牲者のために鎮魂を祈る。

俺と武藤が激戦を繰り広げた中心部は完全に壊滅してしまった。

人々が暮らしていた痕跡は影も形もない。

「ねぇ、ユウキ。封印された怪物は他に何体いるの？」

今後もこういう戦いが起きるだろうと感じた俺は、ユウキに尋ねた。

だがこの問いに反応したのは、マナフィだった。

「ナギ様、代わりにあたしがお答えいたします。他に封印されている怪物は三体おります」

「まじかよ……あんな怪物並みのやつがあと他に三体もいんのかよ……」

武藤の心底嫌そうな呟きに、ユウキが応えた。

「大丈夫じゃ。それについてはわしの友が対応している」

「なら安心だな」

「じゃが、これらについても、魔族との大戦後に封印強化を行いたいから、そのときはまた手伝ってほしいがの」

ユウキはそう言って、俺と武藤を順番に見た。

ヴィクールトは無数の札《ふだ》を空中に浮かべながら、口を開いた。

「魔族の動向についてはわしも注視しておこう。何かあったらすぐに伝える」

その札はいろんな鳥の姿に変化して、四方八方に飛び去っていった。

話が落ち着いたところを見計らってロエトーが俺のもとに近づいてきた。

「ナギ様、精霊石を一つ恵んでいただけないでしょうか」

畏まって言うロエトーに、俺はリンゴほどの大きさの精霊石を取り出した。

「構わないけど……これで良いかな？」

ロエトーがすぐに目を輝かせる。

「あら、すごく綺麗ですねぇ〜。そんなに大きいのは初めて見るわ」

七色に輝く精霊石にトリクスも興味を示していた。

この大きさの精霊石は、賢者でも滅多にお目にかかれない貴重な物のようだ。

これよりも大きいのが湖の底にはごろごろあると言ったら驚くことだろう。

ロエトーは嬉しそうにお礼を言うと、俺から精霊石を大事そうに受け取る。

「それじゃあ僕はやることがあるから帰るね！　ナギ様、ヒロムート様、またお会いしましょう！」

まるでなにかに呑み込まれるかのように姿が消えたロエトーを見て、ユウキはため息を吐いた。

「全く、あやつは……」

どうやら欲しいものを手に入れてさっさと帰ってしまったことに呆れているようだ。

「シェナ」

「お呼びでしょうか、ご主人さま」

トリクスの呼びかけに応じて、目の前に跪いた姿勢で、執事服を着た金髪の見目麗しい少年が一瞬にして現れる。

年は十代前半くらいだろうか。

「水の大精霊ナギ様、神聖竜ヒロムート様の御前よ。ご挨拶なさい」

「お初にお目にかかります。トリクス様の弟子をしておりますシェナと申します。お会いできて光栄にございます」

「わたしの愛弟子でございます。どうぞお見知りおきくださいませ」

艶《なま》めかしく笑みを浮かべながら、トリクスは一緒にお辞儀をした。

そして挨拶を終えると、トリクスは踵を返す。

「では私も失礼いたします。またお会い出来ることを楽しみにしております」

再度深く頭を下げると、二人は忽然《こつぜん》と姿が消える。

「それじゃああたしも帰ろうかね。ナギ様、ヒロムート様、お会いできてとてもよかったです。どうぞこちらをお受け取りくださいませ」

マナフィは液体の入った二本の瓶を取り出し、俺と武藤に差し出した。

「これは？」

「神薬エヴォルートです。またの名を願望薬《がんぼうやく》。服用した者が真に望む何かを得る効果があります」

「おぉ！　それはすごいな！　なんでも叶うのか？」

武藤は瓶を手にして、興奮した様子でマナフィに聞く。

「そうですね……過ぎたる望み、世界の滅亡とかでなければ叶うと思いますよ」

「婆さんはこれで何かを叶えたりしたのか？　こんなすごいもの、独り占めしたくなりそうなもんだが……」

「あたしは願いを叶えましたよ。些細《ささい》な願いですが……」

遠くを見つめて、マナフィが寂しそうに言った。

「それは一度使うと二度と使えないのです。願いが叶うのは一度だけ。だから、あたしが持っていてももう意味のないものなのです。ナギ様とヒロムート様なら正しく使うと思って差し上げました」

「なるほどな〜。ナギは叶えたい願いはあるのか？」

「俺？　う〜ん……今は特に思いつかないかな」

元の世界に戻る……なんてことは今は望んでないし、他の望みも浮かばない。

「そっか」

武藤は瓶を手になにか真剣に考えているようだった。

今は服用する気はないのか、魔法でどこかに収納してしまっていた。

俺も自分の体の中に沈め、湖に転移させた。

「それではまたどこかで」

マナフィは陽炎《かげろう》のように朧気《おぼろげ》になって姿が消えていく。

残るは俺と武藤とユウキのみ。

「それじゃあ俺も帰るわ。またな！」

武藤はそう言うと竜の姿になって飛翔した。

「ナギ、今回は本当に助かった。お主が居なかったらどうなっていたことか……」

「流石は大昔の怪物だったよ。俺としても武藤がいなかったらどうなってたことやら。自分ひとりだったらあそこまで抑えるのは無理だったよ」

「うむ。流石は大精霊とドラゴンじゃ。この礼は必ずさせてもらう」

ユウキのお礼という言葉で、俺はあることを思い出した。

「それなら、良い槍とか持ってないかな？」

「槍か？　お主が槍を使うのか？」

「んー……そうじゃないんだけど、ちょっとね」

ユウキはちょっと待てというと、自身の創り出した空間に手を突っ込む。

それから一本の槍を引っ張り出した。

見た目はうっすらと模様が刻まれた、あまり特徴のない錆《さ》びた長槍だ。

槍が欲しいとは言ったが、これが出てくるとは……思わず凝視してしまった。

「この槍はテス・オキシスと言ってな。かつて巨人殺しの騎士が使っていた槍で、槍が持ち主を認めたとき真の姿を見せるというものなんじゃ。お主なら真の姿を見ることが出来るじゃろ」

そう言ってユウキはテオ・オキシスを差し出す。

受け取ると、先ほどまで見えていた模様が輝き、浮き上がってくる。

そして槍自体が黄金へと色を変えると、力が異様に湧き上がる感覚が得られた。

「へぇ、これはすごいね」

俺の手から離れると輝きは無くなり、再び錆びたような見た目となって模様が薄くなった。

「ありがとう。でも、こんなすごいのもらっていいの？」

「よいよい。今回の礼だ」

「じゃあ遠慮なく……」

俺はテオ・オキシスを自分の体の中にズブズブと沈めて、本体である湖の方に移動させた。

「それじゃあ俺も帰ろうかな。ルトたちが待ってると思うし」

「わかった。また近々そっちに顔を出そう」
「うん、またね」
意識を湖に戻すと、その場にあった体はただの水となってバシャッと地面に流れる。
『おかえりなさいませ、お父様』
湖を守る双子の眷属精霊のミヤとミオが、俺を出迎えてくれた。
感情があまり表に出てこない二人だが、すごく嬉しそうなのは伝わってきた。
俺は精霊体となって湖の上に姿を現わす。
『ただいま、二人とも』
二人は湖で起きた出来事を俺に交互に話した。
俺はそれを和みながら聞いていた。
湖ではスライムが気持ちよさそうに泳いでいる。
三人でそれを眺めていると、サンヴィレッジオの方からバラギウスが飛んできた。
「キュ～～！」
湖の上を旋回して飛ぶバラギウス。俺が戻ってきたことを本能で察したのだろう。
姿が見えるように人間になると勢いよく胸に飛び込んできた。
スライムも俺に気がついて、一生懸命波打って存在感をアピールしている。
ヒュドラとの激しい戦いの後ということもあって、心が和んですごく可愛く見えた。
ついつい笑みがこぼれる。

ミヤとミオ、バラギウスとスライムと戯れていると、今度はタッタッタッと足音が近づいてくるのが聞こえてきた。

「ナギ様ー！」

茂みを越えて、ルトとヘーリオが姿を現した。

「「ナギ様おかえりなさい！」」

「ただいま。迎えに来てくれたの？」

「うん！」

ルトは嬉しそうに元気よく答える。

「ナギ様は何してたの？」

ヘーリオは聞いてくる。

「すっごくおっかない怪物と戦ってきたんだよ～」

「勝ったの!?」

「ん～、勝ったかなぁ」

再封印はできているし、追い詰められていることは追い詰めているけど、胸を張って勝ったとは言えなかった。

ルトとヘーリオの頭を撫でて答えを濁す。

「そうだ、ヘーリオにこれを上げるよ」

湖の底からテオ・オキシスを持ってきて差し出す。

俺が持っているから槍は黄金色に輝いた状態だ。

ヘーリオがそれを見て驚く。

「ナギ様……これは？」

「ヘーリオにあう槍をと思って調達したんだ。しばらくこれで練習してほしい」

「僕のために……ありがとうございます、ナギ様！」

槍を俺から受け取るヘーリオ。

「あれ……？」

俺の手から離れたことで、テオ・オキシスは錆びた姿になる。

「ヘーリオが槍の練習を頑張って、強くなって認められたらさっきみたいに輝くはずだよ」

「本当に!?　僕、頑張ります！」

目を輝かせるヘーリオ。彼には槍の才能があったから、きっとすぐに上達するはずだ。

「今度はルトにもすごいのを用意してあげるからね」

「はい！　約束です、ナギ様！」

ヘーリオを少し羨ましそうに見ていたルトの頭を撫でて、俺はそう約束する。

それからルト、ヘーリオ、バラギウスと一緒にサンヴィレッジオに戻った。

ダンジョン発見？

ヒュドラを倒して、サンヴィレッジオに戻ってきてから数日。

庭でルトは細剣の練習を、ヘーリオは槍の練習を頑張っている。

俺は、特にすることもなく、家で聖獣の卵を抱いてのんびり過ごすだけ。

「ナギ様、お飲み物はいかがでしょうか？」

ダークエルフの女性が聞いてくる。

「ありがとう、お願いしてもいいかな」

そう返事をすると、彼女はお茶を淹れて戻ってきた。

今、俺の邸宅には、数人のダークエルフが世話役として住んでくれていた。

頼んだわけではなく自主的にだ。

掃除をしてくれたり、俺とルトの料理を作ってくれたり、正直助かっている。

と、お茶を飲んでまったりしていたら、午前の修練を終えたルトとヘーリオが帰ってきた。

「ただいま、ナギ様！」

「お邪魔します！」

「おかえり、二人とも！　料理は出来てるよ」

食卓に並んだ美味しそうな料理を前にして、二人のお腹からグ～と可愛らしい音が聞こえた。

ダークエルフが丹精込めて育てた野菜で作ったサラダと麦パン。

フィリーたち冒険者組や戦えるダークエルフの男たちが狩ってきた動物のステーキ。

この森に生息する動物たちはかなり良質ですごく美味しい。

「「いただきま～す！」」

元気よく挨拶をすると二人は勢いよくガツガツと食べ始めた。

美味しそうに食べる二人の姿に自然と笑みが溢れる。

食事をしながら、練習の進み具合をヘーリオに尋ねた。

「ヘーリオ、槍の方はどう？」

「すごく良いです！　扱いやすくて手に馴染むというか……剣よりも楽しいです！」

「ヘーリオ兄ちゃん、槍にしてからどんどん強くなってるよ！」

「そっかぁ～。二人とも無茶はしないように頑張るんだよ」

「うん！」

「はい！」

昼食も終わり、二人は食休みをしたあとに細剣と槍を手に持って、再び庭に駆けていった。

午後の修練の始まりだ。

育ち盛りだし、互いに切磋琢磨《せっさたくま》しながら体を動かすのは楽しいようだ。

俺は椅子を手に庭に出て、模擬戦《もぎせん》を行ってる様子をのんびりと眺める。

俊敏《しゅんびん》な動きと土の精霊魔法でへーリオを翻弄《ほんろう》するルト。

一方、へーリオは槍を上手に扱い、リーチの長さを生かしてルトを近づけさせないようにしている。

一試合終わると、模擬戦を行いながら互いの良かったところ、悪かったところを教え合って次に生かしている。

真剣勝負だ。多少危ない場面もあったけど、その時は俺が水を操って二人を守ったり、傷を負えば俺の力で癒したりした。

日が暮れ始めると修練は終わり、俺が操る水をシャワー代わりに二人が汗を流した。

へーリオは両親の待つ家に帰り、俺とルトも自分の家に入る。

用意してあった夕食をあっという間に平らげると、ルトはすぐに就寝した。

それから一人の時間をリラックスしていると、狩りから帰ってきたのだろうフィリーたちがうちにやって来た。

「三人ともようこそ。ゆっくりしてってよ」

うちで働くダークエルフの女性は、夕方ごろには帰るので、俺がフィリーたちの飲み物を用意した。

「ナギ様、こんな時間に失礼致します……」

「大丈夫だけど、なんかあった？」

いつもとは違う様子だ。俺が出した飲みものを受け取ると、一気に飲み干すフィリー。

「ナギ様にご報告があります」

「うん」

「……森でいつもどおり魔獣の狩りを行っておりましたところ、ダンジョンを見つけました」

「ダンジョン?」

「はい……ダンジョンは魔物が多く棲息する場所であると同時に、多様な資源と宝が眠っております。この大森林はいろんな国と国境をまたいでおりますので、このことが明るみになれば、色々と厄介なことになると予想されます」

「なるほどねぇ〜……一難去ってまた一難か。このことを知っているのは?」

「私たちと狩りを同行していたダークエルフが数名。いずれも口止めしてあります」

「わかった。明日一緒に俺もそのダンジョンを見に行くよ。どういうものなのか確認したい」

「かしこまりました！　ご案内いたします！」

夜も遅い時間だったので、家を訪れたフィリーたちには開いてる部屋に泊まってもらうことにした。

俺は自室に戻り、ダンジョンについて一人考える。

この世界に転生したときに流れ込んだ異世界の知識が、色々と情報を補足してくれた。

ダンジョンは自然発生型と人造型があり、自然発生型は膨大な魔力が溜まることで成長していく。

また、自然発生型ダンジョンは階のないフィールドタイプで、発生した環境に合ったダンジョンになるようだ。

一方、人造型はダンジョンマスターというものが存在する。つまり誰かが人為的《じんいてき》に生み出したものが人造型に区分される。

こちらのダンジョンは階層型で、塔《とう》だったり城だったり、はたまた地下迷宮だったりする。

人造型ダンジョンの特徴は、資源はそこまで多くはないが貴重な宝が多く見つかることだ。同時に、こちらのダンジョンは罠が点在するのも特徴らしい。

はたして、フィリーたちが見つけたダンジョンはどちらなのか……

初めてのダンジョンに少し心躍らせながら、俺は翌日が来るのを待つのだった。


翌日、フィリーたちとサンヴィレッジオを出発して発見したダンジョンへと向かう。

俺は主に湖とサンヴィレッジオでしか活動してなかったから、森の奥へ進んでいくのは新鮮だ。

知能の低い魔獣は俺たちを襲ってくるが、賢い魔獣は俺の気配を察して逃げていく。

「ナギ様、もうすぐ到着いたします」

半日ほど森の中を進むと、何か膜のようなものを通り抜けるような感覚がして景色が一変する。

これがダンジョンの空間の入り口だったのだろう。

「これは……自然発生型か」

「はい……」

フィリーたちは感じていないようだが、濃密で重苦しい魔力と強烈な気配を感じる。

ダンジョン内には、色鮮やかで美しい草花が咲き乱れていた。

「少し周辺を見てみよう」

「「はい！」」

かなり珍しい草花なのか、フィリーは興味深そうに観察する。

草原の向こうには高くそびえる木々が多く見えた。

それを見てフィリーは大きく目を見開く。

「すごいです！　あれ全てがトレントですよ、ナギ様！」

フィリーが興奮して言った。

トレントとは非常に温厚で、危害を加えなければ襲ってくることはない植物型の魔物だ。だが一度攻撃すると、こちらに牙を剥く。

トレントに生る果物は、口にすれば魔力が宿ると言われていて、味も極上。材木は魔法の杖に適していることから、人間に乱獲《らんかく》されて絶滅の危機に瀕しているとフィリーは語る。

「危ない！」

トレントの群れを見ていると、地を這う植物の根が襲いかかってきた。

シャナスが剣で切り裂くと、木の根が俺たちを囲み、うねうねと立ち上がる。

「あれは……ドリアードにアウラウネです！　侵入者である私達を排除しようとしているのだと思います！」

フィリーの言う通り、目の前の樹の精ドリアード、花の精アウラウネからは強い敵意を感じる。

俺達を襲う木の根は、この妖精たちが操っているのだろう。

「どうしますか、ナギ様」

ガンドが俺に聞く。

「とりあえず、今日は確認しに来ただけだから、下手に戦わなくていいよ。撤収しよう」

「「「かしこまりました！」」」

トレントから離れる意思を見せると、ドリアードとアウラウネは襲ってくる様子を見せなくなった。

帰りに草原からいくつかの花を採取してダンジョンを出る。

サンヴィレッジオに戻ってきた俺たちは、ここに暮らすそれぞれの種族の代表である、人間のアルミナ、ドワーフのガエルード、ラミアのルーミア、ダークエルフのダイラスを呼んでダンジョンの扱いについての会議を開くことにした。

最初にダンジョンが見つかったことを伝えると、みんなが驚きの声を上げた。

「このダンジョンについて、今後どうするべきか皆で話し合ってほしい」

俺がそう言うと、アルミナが最初に話し始める。

「私としては是非ダンジョンは攻略してほしいですね。ダンジョンから得られるものはかなり大きいと思います」

「そうじゃな。自然発生型ダンジョンのようだから、資源は豊富にあるはず。この森を切り開かず保護するとなれば、代わりに使える資源をそこから集めるのが最適じゃろう」

ガエルードが同意する。

「私もダンジョンの攻略には賛成です。あわせて、このダンジョンの存在は他国には絶対に隠すべきです。もしこのダンジョンのことが人間に知られれば、欲に駆られて奪いに来るのではないか。やっと手に入れたこの暮らしを危険に晒すことは断固として反対したいです」

ダイラスが強い危機感を露《あら》わにした。

「そうなると、ダンジョンから得られるもので外との取り引きはできませんね……大きな利益になると思ったのですが……」

アルミナが残念そうな表情を見せる。

「人間以外の国に対して取り引きの材料にするのは良いと思いますよ。獣人、エルフ、ドワーフ、竜人の国とは良好な関係を築いてますし」

「隠すとなれば徹底したほうがいいのではないでしょうか。どこに人間の密偵が隠れ潜んでいて、この情報が漏れるかわかりませんから」

ルーミアの折衷案にも、ダイラスが首を横に振った。

「こっちにはナギ様がいるのじゃ。人間どもも大精霊様の怒りを買ってまで手を出そうとはせんじゃろう」

ダンジョンをどう扱うかについての話し合いは夜遅くまで続いた。

話し合いの末、人間以外の国には内密で公表し、取り引きをするということに決まった。

エルフとは転移陣で繋がっており、竜人の里とは通路で繋がっていてサンヴィレッジオに訪れる人数がそこそこ多い。

ダンジョンで得たものがこのサンヴィレッジオで出回るようになれば、エルフと竜人には隠すのが難しいという結論に至った。

だから、交流がある国に対しては変に隠すことはせずに取り引きにも使った方がいいということになったのだ。

人間の国がどこかでダンジョンのことを知り、ちょっかいをかけてくるようなら、そこからは俺の出番。

搾取されないように、村に危害が及ばないように黙らせるつもりだ。

話し合いは終わり、解散してそれぞれが家に帰る。

俺は意識を湖に戻し、この森に他のダンジョンがあるかを探るために、精霊力を薄く広く拡散する。広大な森林に俺の精霊力が広がり、探知を始めた。

「……困ったな」

フィリーたちが発見したダンジョンとは別にそれらしいものが三つあることを知ってしまい、俺は頭を抱えるのだった。


サンヴィレッジオの住民たちは、ダンジョン発見の話題に賑わい、フィリーたちやダークエルフ、ドワーフの手練たちで攻略隊が結成された。

その攻略隊がみんなの期待を背負って、先ほど出発したばかりだ。

俺が見つけたダンジョンらしきもののことについては、まだ誰にも話していない。

先に俺が直接確認してからでも遅くないだろう。

一人サンヴィレッジオを離れると、バラギウスが俺のもとに飛んできた。

「キュイ〜？」

狩りに行くのかと聞いてくる。

「今日は狩りに行くんじゃないよ。ちょっと確認したいことがあってね。一緒に来る？」

「キュイ〜！」

両手を広げて一緒に行くと答えるバラギウス。

そこに示し合わせたかのようにスライムが茂みから現れた。ぽよんぽよんと俺たちの前で元気よく飛び跳ねる。

「お前も一緒に来たいのか？」

スライムは体を波打たせて肯定する。

「わかった。おいで」

俺が手を伸ばすと、うにょーんと体を伸ばして俺にまとわりついた。

バラギウスとスライムを連れて向かうのは、フィリーたちが発見したダンジョンよりさらに奥。

道中、魔獣が現れるとバラギウスがあっという間に倒して捕食し、食べ残しをスライムが吸収していた。

しばらく進むと、昨日行ったダンジョンと同じく、膜のような何かを通り過ぎる感覚がした。

瞬く間に景色が変わる。

「やっぱりダンジョンか」

薄紅色《うすべにいろ》の桜のような花が咲き誇る樹がたくさんあり、ひらひらと花びらが舞う美しい光景だ。

思わず見惚《みと》れてしまう。

だけどそれだけじゃない。

「キュイ〜！」

「お前も感じるか？」

「キュッ！」

スライムも何かを感じているのか、俺にまとわりついたままもぞもぞと動く。

フィリーたちと行ったダンジョンよりも明らかに獰猛《どうもう》な気配を感じる。

俺たちはそのままダンジョンの奥へと進んだ。

木陰から人間の子供のような見た目で、浅黒い肌、黒白目に赤い瞳、鋭い牙と爪、額には角が生えた子鬼のようなものが出てきた。

「ガアアアアア！」

そいつらは牙を剥き出しにして威嚇してくる。

そしてダッと駆けてくると爪を振りかぶり、大きく口を開けて襲ってきた。

「キュイ！」

バラギウスはそんな子鬼のような相手に思い切り体当たりをして吹き飛ばす。

「ギャッ！」

子鬼みたいなやつは、樹の幹に激突して悲鳴を上げた。

「グルルルルル……」

別の木陰から、黒い体毛に覆われた七十センチほどの大きな体の狼が現れる。

額には鋭い角が生えている。

「ギャーギャーギャーギャー！」

樹の太い枝の上に佇む黒い体毛に覆われた大猿。

そいつの額にも角が生えていた。

鳴き声に呼応してどんどん集まってくる。

その全てが黒い肌に黒い体毛、赤い瞳、鋭い牙と爪、そして額に角が生えた種だった。

俺たちのことを囲んで包囲すると、一斉に襲いかかってくる。

俺は咄嗟《とっさ》に出した水の膜で自分たちを守る。

「確認はできたし、出るよ」

「キュイッ！」

全方位から襲われたが、特に怯んだ様子も見せずバラギウスは鳴いた。

水で魔物を押し出しながら、道を開けてダンジョンを出る。

ダンジョンの境界を通り抜けると、そこからダンジョンの中は見えなくなり、魔物が出てくる様子はなかった。

「それじゃあ次の場所に行こう」

「キュイ〜」

慣れていないと方向感覚が狂いそうな代わり映えしない景色。

広大な森林の中の木々を避けて一直線に向かう。四十分ほど進むと次の目的地が見えた。

「こっちは遺跡か？」

蔦《つた》が覆う、朽ち果てた遺跡のような建物の入口。

だけど、確かにそこからダンジョンのような気配を感じる。

奥が見えない不気味な口が大きく開いているようだ。

躊躇うことなく、俺がその中に入ると、バラギウスもあとに続く。

入り口を通って、すぐ目の前には下り階段。

「人造型ダンジョン……か？」

光が入らない暗黒の中の階段を降ると、三十分以上経ってようやく開けたところに出た。

五つの分かれ道があり、一番左の方からカランという音が聞こえた。

その音がだんだんと近づいてくる。

「スケルトンか」

通路から現れたのは人間の骨格の亡者《もうじゃ》の魔物。背丈は百七十センチ以上はあるだろうか、成人男性ほどだ。

スケルトンは頭蓋骨《ずがいこつ》の顎をカタカタと鳴らして襲いかかってきたが、水の玉をぶつけるとあっけなくバラバラになって動かなくなった。

「倒せたのか？」

バラバラになった骨が集まって骨格を形成して、また襲ってくるのではないかと考えて少し待ってみたが、そんな気配はまったくない。

「キュイ？」

バラギウスが、転がった頭蓋骨をつんつんして遊び始めた。

「ほら、行くよ」

「キュイ～！」

スケルトンが現れた通路を進む。

途中に部屋があったり、壁から弓矢が放たれたり、曲がり角でスケルトンに出くわしたりしたくらいで、特に大きな収穫はなかった。

「かなり広そうだな」

通路はまだ奥があるようだが、来た道を戻って別の通路に入った。

出てくるのはスケルトンのみ。

罠も即死しそうなものは無く、十分に気をつければルトとヘーリオでも探索できるだろう。

「今度二人も連れてきてあげるか。さ、次のところへ行こう」

「キュイ！」

また来た道を戻り、長い階段を上がって入り口から出た。

最後に向かうのは、森林の一番奥にあるところだ。

「時間がないから急いで行くよ」

「キュイッ！」

全速力で木々を避けて進む俺のスピードに、バラギウスはしっかりと付いて来る。

それから約三時間ほどして森林の奥深く、もっとも魔力が強いところに到着した。

途轍もない魔力の濃さを感じながら足を踏み入れると、膜を通り抜けるような感覚がして景色が変わる。

「うわ〜、大きいなぁ」

そこには、数百メートルはありそうな太くて巨大な樹が密集していた。

草花も数メートルから数十メートルあるものばかり。

自分が蟻《あり》になったかのような気分になる。

バラギウスとスライムは圧倒的なスケールの差に驚愕していた。

地面が僅かに振動し、何かが近づいてくる気配を感じる。

巨大な木の陰から出てきたのは、何十メートルもある猪《いのしし》のような化け物だった。

「ギイアアアアアアアアア！」

その化け物は俺たちを認識すると、耳を塞ぎたくなる強烈な大声を発した。

「キュ、キュイ……」

バラギウスは怯えてしまい、俺の懐に飛びついた。

再び、どしんどしんと地面を踏み鳴らして何かが近づいてくる音がした。

猪の化け物が現れたのとは別の方向から、さらに巨大な鹿が現れた。

角が異様に発達していて、厳《おごそ》かな雰囲気を漂わせる。

その鹿は猪の化け物を睨みつけている。

互いに睨み合いが続き、猪の化け物はそっぽを向いて走り去っていった。

巨大な鹿は俺たちの方を向いて、俺のことをジーッと見て頭を下げると、来た方向に戻っていった。

「なんだったんだ？」

猪の化け物は、俺たちに強烈な殺意を向けてきたのに、巨大な鹿は敵意を向けてこなかった。

ものすごく気になるところではあるが、バラギウスがかなり怯えてしまっているから、これ以上の深掘りはやめて帰ることにした。

ダンジョンを出ると、バラギウスは俺の胸元から離れて空を飛び、髪を引っ張って早く離れようと催促《さいそく》してきた。

「わかったわかった。帰るからそんな引っ張らないで」

「キュイ！　キュイイ！」

急いでその場を離れ、湖に戻ってくる頃には陽はだいぶ傾いていた。

スライムは俺から離れると、湖をスイスイと泳ぎ出す。

俺は家路を急いだ。

「おかえりなさい、ナギ様！」

家に帰るとルトが笑顔で出迎えてくれた。

「わっ！　どうしたの？」

それからバラギウスがルトに飛びついてじゃれ始めた。

ルトは夕ご飯が済んでいるようで、テーブルには俺の分の用意がしてあった。

少し話をして眠気に襲われたルトは、バラギウスを抱いて寝室に向かっていった。


翌日、夕方頃にフィリーたちがダンジョン攻略から帰還したという知らせを受けた俺は、広場に向かった。

あたりには人だかりができていて、その中心にはフィリーたちダンジョン攻略隊がいた。

俺に気付くと、人だかりの真ん中に道が出来る。

「皆、お疲れ様」

「ナギ様！　御覧ください、ダンジョンで手に入れたものです！　あのダンジョンはかなり貴重で凄く上質な薬草がたくさんありました！」

フィリーは、早く見せたかったのか、その場でアイテムバッグからたくさんの草花を取り出す。

ドワーフたちは倒したトレントの木材を、ダークエルフたちは倒した魔物の素材や魔石を出して見せる。

資源的価値の高いダンジョンということがわかった。

詳しい報告は後で聞くことにして、とりあえずは無事帰還したことをお祝いしてサンヴィレッジオを挙げての宴を開いた。

住民総出で宴の準備は行われ、広場にはあっという間に会場が出来た。

「攻略隊の無事の帰還を祝し、ダンジョンによってサンヴィレッジオが豊かになることを願って乾杯」

俺がグラスの杯を掲げると皆が一斉に乾杯と叫び、同じようにコップを掲げた。

ルミナとの再会

宴を行った翌日、攻略隊のリーダーを行っていたフィリーが俺の家にやってきた。

「それじゃあ、ダンジョンの攻略がどんな感じだったのかを聞かせて」

俺が話を切り出すと、フィリーはそこであったことを丁寧に説明する。

「はい！　ダンジョンに侵入した我々は、まず拠点を構築しました！」

今回のダンジョン攻略の目的は調査だった。どんな生態が存在し、何があるのかを知ることが一番の目的と伝えている。

「草花が茂る草原域では主に虫系の魔物が出現しました。蟻《あり》型、蟷螂《かまきり》型、百足《むかで》型など種類は様々でした」

「へぇ、そんなのがいたんだ。俺が行った時はそういうやつの気配は全然感じなかったけど」

「恐らくですが、大精霊という圧倒的な存在感に恐れて、気配を押し殺して隠れていたのかもしれません」

「なるほどね」

「その昆虫型の魔物からは毒液や甲殻など素材になるものを色々採取できました。いたる所に貴重な薬草などが群生してまして、いろんな回復薬や秘薬を作れそうです。一度採取しても、しばらくすればまたすぐに生えてくるのでかなり有用なダンジョンなのは間違いないです」

「それは良かった」

「ドリアード、アウラウネも討伐し、それぞれからも素材を手に入れました。両方とも錬金術の素材として需要があるのですが、滅多に出回るものでもないのでかなり高額で取り引きされてます」

「ダンジョンの魔物はどうなるの？」

俺の疑問にフィリーが答える。

「倒してもしばらくすればまた出現しますので、安定して供給出来ると思います。あのダンジョンには確認されただけでも十体近くいましたので、ダンジョンの大きさがどれほどか定かではありませんが、全体で百近くいるのではないかと予想します。トレントや薬草なども総合的に見て考えますと、人間の国の冒険者ギルドの基準であのダンジョンは上級優良ダンジョンに指定されてもおかしくないかと！」

「ダンジョンにランクがあるのか。詳しく教えてくれる？」

「はい！　冒険者ギルドは独自の判断基準で魔物やダンジョンを評価してランク分けを行っており

ます。討伐、攻略の難易度は最下級、下級、中級、上級、最上級の五つです。魔物やダンジョンから手に入れられる素材や資源、宝の質は不、可、良、優良、最良の五段階に分かれており、それらとは別の扱いとして特級という区分があります」

「なるほどねぇ～」

昨日、最後に行った巨大な樹や巨大な魔物がいたあのダンジョンは間違いなく特級に分類するだろうなと考える。

「ありがとう。いつまでもあのダンジョンと呼ぶのもまどろっこしいし、名前を決めようと思うんだけど、どうかな？」

「とてもいい考えだと思います！　冒険者ギルドも、ダンジョンの特徴で名前を決めておりますので、是非ナギ様が御命名ください！」

「俺が？　皆で考えても良いんじゃないかな……？」

「いや！　ここは是非！　ナギ様にお願いします！」

フィリーが目を輝かせて力強く言った。

俺は苦笑いを浮かべて考える。

「う～ん……」

綺麗に咲き乱れる草花や、ドリアードやドライアド、トレントなどの植物の印象が強いからなぁ。

植物の楽園？　ありきたりすぎるか……

「植魔《しょくま》秘域《ひいき》とか……？」

「すごく良いと思います！　それにしましょ！」

俺がなんとなく考えて呟いたことをフィリーは聞き逃さなかった。

ネーミングを讃えられ、流れるようにダンジョン名が植魔秘域に決定してしまった。

「う、うん、わかった。それじゃあ次の攻略はいつに……ん？」

今後の動きを確認しようとしたタイミングで、眷属の精霊が危機に陥っているのを感知した。

どこの精霊か意識を集中させるが、湖や結界を守護している子たちではない。

これは……

「ルーか」

ルーは、この世界に転移して最初に出会った少年に託した初めての精霊だ。

その少年はルミナという名前で、妹のナーシャとともに母の病気を治してほしいと精霊に願いにこの湖を訪れた子だった。

母を治した後の別れ際に、ルミナの守り役として置いていたのだが……何かあったのだろうか。

俺はルーの視界を共有して、何が起きているのか確認する。

「ッ！」

黒く邪悪なオーラを纏った異形の化け物と、ルミナが精霊魔法で必死に戦っている様子が映し出された。

なんとか対抗しているが、それも時間の問題だ。

ルミナは疲弊して、今にも魔力が底を突きそうな様子だった。

俺は椅子から立ち上がり、一旦フィリーとの話を中断した。

「ナギ様、いかがなさいましたか？」

フィリーが、心配そうに尋ねてくる。

「ごめん、ルトたちのこと任せるね」

俺は精霊体となって壁を通り抜けると、ルミナとルーのもとに急行する。

森の中を瞬く間に通り過ぎると、ルミナたちの住む村が見えた。

「うわあああああああああ！」

少年の叫び声が聞こえる。

今まさに攻撃が当たりそうな瞬間、俺は手を翳して、水の膜で異形の化け物の攻撃を防いだ。

「ガアアアアアアアア！」

化け物は大きく声を上げて水の膜を攻撃するが、膜は攻撃されるたびに波打つだけで、全くビクともしない。

四方から水が集まると、化け物を拘束し始めた。

「ガアアアアアアアア！」

身動きが取れなくなり、化け物が叫び出す。

「うるさい」

水の刃を放つと、化け物の首がズルリと落ちた。

それから倒れた化け物の胸に手を突っ込む。

予想通りというべきか、前にスイコに渡されたのと同じ、小さな黒い欠片が出てきた。

禁呪の気配を纏う禍々しい欠片。癒やしの水で浄化すると、黒から水色に変わる。元は水の下位精霊だった精霊結晶なのだろう。精霊を弄《もてあそ》ぶ所業に怒りが込み上げた。

「ナギ様……？」

背中から声をかけられる。

振り返ると、腰を抜かしているルミナが精霊体の姿である俺を見上げていた。

『大きくなったね、ルミナ』

「ナギ様！　会いたかったです……！」

目に涙を浮かべるルミナ。化け物が倒されたことで、隠れていた住民たちが出てきて集まってくる。誰も俺に気が付かない。

『ルー、久しぶりだね』

『また会えて嬉しいです、お父さま！』

「ナギ様……」

ルミナが佇まいを改め、深く頭を下げる。

「怪我してる人を助けてください！　どうかお願いします！」

周りを見れば、多くの死人と怪我人が居る。

村は壊滅的状況だ。

「わかった。いいよ」

俺は二つ返事で姿を現わして手のひらを上に向けた。

すぐに無数の雫が浮かび上がり、まだ生きている怪我人たちの口元に飛んでいき、滴る。並外れた癒やしの効果により、傷はあっという間に癒えていく。命に関わる重症者や、手足などを失った者も再生した。

「治った……!?」

「生きてる！」

「奇跡だ！」

一瞬喜びに包まれるが、すぐにみんな現実に引き戻される。

たくさんの犠牲者を悼み、深い悲しみを感じているようだった。

肉親を失った者、友や愛する人を失った者が泣き叫ぶ。

「ルミナ！」

「お兄ちゃん！」

女性と女の子が、ルミナのもとに駆け寄って抱きついた。

ルミナの母と妹のナーシャだ。

二人とも隠れていて無事だったようだ。

「大丈夫!?　どこも怪我してない!?」

「大丈夫だよ、お母さん！」

心配そうに尋ねる母親に、ルミナが元気に応えた。

「お兄ちゃん、この人は？」

ナーシャは俺を見る。出会った当時は幼かったし、俺のことは覚えていないのだろう。

「その人はナギ様だよ！　僕を助けてくれたすっごい人なんだよ！」

俺が精霊だということを秘密にするという約束をちゃんと覚えているようだ。

「ナギ様、ルミアを助けてくれてありがとうございます」

母親は深々と頭を下げ、ナーシャはジーッと俺の顔を見る。

何か腑に落ちない様子だった。

生き残った村人たちは、集まって何かを話し合っている。

恐らく今後の村のことについての話だろう。

村を救ったルミナも加わるように呼ばれていた。

俺には関係ないことだからと立ち去ろうとしたら、まだ話したいことがあるから絶対に帰らないでほしいとルミナにお願いされた。

ルミナの頼みなら、と了承して待つことにする。

待っている間は、ルーと話して時間を潰した。

ルミナとどういうふうに過ごしてきたのか、どうやって契約したのかなどを聞いた。

アルミナがこの村に商売で訪れた際に、護衛で一緒に訪れたフィリーに精霊使いの才能を認められて、精霊魔法を教えてもらっていたようだ。

「なるほどね。それでルミナが成長するにつれて、ルーも一緒に成長していったってことか」

『はい！』

最初にルーを作った時は下位精霊だったのに、今は中位精霊まで変化している。

「今度ルーの弟と妹を連れてきてあげるよ」

『弟と妹ですか⁉　会ってみたいです！』

ルーは嬉しそうに俺の周りを飛んだ。

俺がルーと話していると、村の人との話を終えたルミナが俺のもとに駆け寄ってくる。

その表情はなにやら思い詰めている様子だ。

「ナギ様、どうかこの村を助けてください！」

ルミナは俺の前に立つなり、そう言って頭を下げた。

俺はルミナから詳しく話を聞くことにした。

「あの化け物から村を守るために戦い、多くの人が亡くなりました……良くしてくれていたミルおじさんも……」

目にいっぱいの涙を溜めるルミナ。

「住むところも畑もこんな有様で、蓄えていた食べ物もほとんどがダメになっていました。このまま皆が飢《う》え死《じ》にしてしまうかもしれません……それに、建物もほとんどないので、夜になれば魔物が襲ってくるかもしれません……」

生き残っているのはほとんどが子供と女性ばかりだ。

男は二十人ほどしか生き残っていない。

村を捨てて近くの町に行くにしても何日もかかるし、道中の魔物から皆を守りながらとなると、この物資では犠牲を覚悟しないといけないだろう。

「だからお願いします！　どうか僕たちを助けてください！」

再び必死に頭を下げるルミナ。

彼らをサンヴィレッジオに連れていくのは考えられない。

ダークエルフたちが人間を受け入れないだろう。

だからといって、俺にはルミナ達を見捨てるなんて選択肢はない。

彼にはルーがいて、縁が出来ているのだから。

だから、俺はこの村でルミナたちが生きていけるように支援することにした。

「わかった。俺に出来ることはするよ」

「ありがとうございます、ナギ様！」

さて、支援するにあたって俺の身分をどう明かすかだ。

ただ、ルミナの知り合いだからって全員が生きていけるくらいの支援をポンと出来てしまっては怪しまれるかもしれない。

大精霊であることを言うべきか……

そんなことを考えながら、俺はルミナに目を向けた。

ルミナの嬉しそうな表情を見て、俺はポンとルミナの頭に手を置く。

「まぁ、いっか」

今さら正体を隠すことを考えなくてもいいだろう。

現に、多くの人が俺のことを知っているわけだし……

「何がですか？」

「いや、なんでもないよ……明日また来るから待っててほしい。良いかな？」

「はい！　ありがとうございます、ナギ様！」


サンヴィレッジオに戻ると、フィリーとルトが出迎えてくれた。

「おかえりなさいませ、ナギ様！」

「おかえりなさい、ナギ様！」

「二人ともただいま。フィリー、アルミナとガエルードを呼んできてほしいんだけどお願いしていいかな？」

「かしこまりました！　ただちに呼んでまいります！」

フィリーが急いで家を出た。

「ナギ様、何かあったの？」

「ううん、ちょっとね。この森の外にある人間の村が黒い化け物に襲われたから、助けてってお願いされてね」

「そうなんだ！　化け物は倒したの？」

「もちろん倒したよ。でもね、村がめちゃくちゃになって食べるものとか無くなっちゃってすごく困ってるんだって」

「可哀想だね……」

ルトは俺の話を聞いて、自分のことのように悲しんでいた。

その純真な心がたまらなく愛おしく感じる。

ルトと話していると、フィリーがアルミナとガエルードを連れて帰ってきた。

「ルト、これから大事な話をするからヘーリオの所に遊びに行っておいで」

「はーい！　ナギ様頑張ってね！」

「うん、ありがとう。いってらっしゃい」

俺は頭を撫でて、ルトを見送る。

「二人とも来てくれてありがとう」

「お主に呼ばれたとあったら行かない訳にはいかんじゃろう！　がははははは！」

「そのとおりです。いつでもお呼びいただければご対応いたしますよ、我々は！」

俺は、ルミナたちが暮らす村が黒い化け物に襲われて壊滅的な被害が起きたこと。その化け物を倒した後、支援を頼まれたことを三人に話した。

「その村のことは存じてます。そんなことが起きてたとは……」

ショックを受けるアルミナ。

「ナギ様、ルミナは大丈夫でしたでしょうか……？　怪我などは……？」

フィリーは精霊魔法を教えたよしみでルミナの様子を心配していた。

「ルミナは勇敢に戦ってたよ。俺が助けに行った時、攻撃を受けそうにはなってたけど、直前で俺が化け物を倒した。怪我はしてないよ」

それを聞いてフィリーがホッとする。

「そういう訳だからアルミナ、百人ほどがしばらく食べていける食料を用意してほしい」

「お任せください！　サンヴィレッジオにはかなり蓄えがありますので、ただちにご用意いたします！」

「ありがとう。それからガエルードにはその人達が安全に暮らせる家を建ててほしいんだ。お願いしていいかな？」

「おう、任せろ！　その人間どもはここに連れてくるのか？」

「ううん。ダークエルフが嫌がるだろうから連れてこないよ。だから彼らが暮らしていた場所を復興させることにした。人員については二人に任せるよ。出発は今夜遅く。明日の朝にあちらに到着するようにしたい」

「わかった」

「わかりました」

ガエルードとアルミナが頭を下げる。

二人は、早速作業に取り掛かるために家を出た。

「ナギ様、私にもお手伝い出来ることはありますでしょうか？」

フィリーが真剣な表情で俺に尋ねる。

「フィリーたちはダンジョンの攻略を引き続きお願い。サンヴィレッジオにとって大事なことだし、任せられるのはフィリーたちだけだから」

「かしこまりました！　では明日の朝にまた出発いたします！　良いしらせを持って帰れるようにがんばります！」

俺から仕事を任されたことがよほど嬉しいのか、フィリーがいつも以上に張り切っている。攻略の準備と計画を立てるために急いで部屋を出て行った。


深夜、俺の家に物資を大量に積んだ馬車が五台並んだ。

先頭の馬車はアルミナが御者を務め、残りの馬車はドワーフたちが運転する。

「それじゃあ出発しよう」

俺が先頭の馬車に乗って合図すると、馬車が進み出した。

魔物がもっとも活発になる深夜帯ではあるが、俺がいるから襲ってくる気配は全くない。

明け方には森を抜けて、ルミナたちがいる村に到着した。

目の前では、生き残った村人たちが協力して遺体を一箇所に集めて、丁寧に並べていた。

埋葬《まいそう》する準備をしているようだ。

アルミナが馬車から降りて村人に声をかけると、すんなりと迎え入れられる。

「大精霊ナギ様の御心《みこころ》により、復興の支援に参りました！」

アルミナが村人たちの前で声高らかに宣言する。

彼女の言葉で、村人たちが騒然となった。

その様子を見たアルミナは、不思議そうな表情になる。

アルミナの前にいた女性が、おそるおそる近づいてきた。

「あ、あの、アルミナさん……大精霊とはどういうことでしょうか……？」

「えっと……」

アルミナが困惑しながら、俺をチラッと見る。

どうやら俺が村人たちに正体を明かしているものだと勘違いしていたようだ。

昨日、三人に経緯を話したとき、自分が大精霊であることを隠して助けたことは伝えていなかったからな。

昨日考えていた正体を明かすかの問題にこんなに早く直面するとは……

だが、ここから誤魔化すのも不可能だろう。

「こうなっては仕方ないか……」

俺は水玉になって空中に浮かび上がり、自分が大精霊であると示すために語りかけた。

『この村には俺と縁を持った者がいるんだ。だから助けることにした』

すぐに人間の姿に戻って、地面に降り立った。

俺の正体を知った村人たちが一斉に俺に平伏した。

「頭を上げてください。そんなことより食べ物を用意したので、まずはそれをお受け取りください」

わああああああ！

村人たちから割れんばかりの歓声が響いた。

これからどうしていったらいいのか不安だっただけに、助けが現れ、さらに食べ物が手に入ったことに大喜びしている。

その中から、おでこが広い優しそうな雰囲気を纏った壮年《そうねん》の男と、ルミナが俺のもとに来る。

「大精霊ナギ様、ご挨拶を申し上げます。私はこの村の長をしておりますネガスと申します。このたびは御慈悲をいただきましてありがとうございます」

ネガスは跪いて、頭を下げる。

「ナギ様、本当にありがとうございます！」

ルミナもそれにならって頭を下げた。

「二人とも顔を上げてください。俺がこうしてここにいるのは、ルミナの勇気があってのことですから」

最初にルミナと会って助けようという気持ちになったのも、ルミナの行動がきっかけだった。

初めて俺のもとに来た時は、妹を守りながら、傷だらけになって湖にたどり着いた。

魔物が徘徊《はいかい》する森は、怖かっただろうに、それでも母を助けたい一身で俺のもとへ訪れたのだ。

今回にしても、彼の勇気が村を守ったと言ってもいいだろう。

「アルミナ、食べ物を皆へ！　ドワーフの皆さんもお手伝いをお願いします」

「はい！」

「「「おうよ！」」」

アルミナとドワーフたちが、それぞれ返事をする。

ドワーフが馬車から降りてくる光景に、村人たちが再び目を丸くする。

街ならいざしらず、こういう辺境の村ではドワーフを見ること自体滅多にない。

彼らにとってはかなり珍しい存在なのだ。

村人全員に食べ物が配られると、みんなガツガツと食べ始める。

僅かに残った食料を分け合って一晩を過ごし、遺体を運ぶなどして重労働を行っていたためだろう。皆かなりお腹をすかせていたようだ。

食事を終えると、みんなで一致団結して瓦礫の撤去と遺体の埋葬が行われた。

数日して瓦礫が片付けられ、遺体は全部埋葬された。

変わり果てた村の姿を見て、村人たちは改めて悲しんだ。

だが、悲しんでいるだけでは生活できない。

生きていくには、新たに住む場所を作っていかなきゃいけないのだ。

重苦しい空気を吹き飛ばすかのように、ガエルードが気合の入った声を出した。

「よし、おめぇら出番だ！」

それに呼応してドワーフたちが雄叫びを上げる。

凄まじい気迫だ。

「ナギ様、どんなふうに作ったら良いんじゃ？」

ガエルードは俺に尋ねる。

「俺が住むわけじゃないからな……ネガスさんに聞いてみてよ」

「わかった」

ガエルードは頷くと、早速ネガスのところへ向かっていった。

しばらく立ち話した後、ガエルードがニヤリと笑みを浮かべるのを、俺は見逃さなかった。

うちの村みたいにならないといいけど……不安だ。

「ナギ様、ちょっといいでしょうか」

ルミナが俺に声をかけてきた。

「どうしたの？」

「あの、母にナギ様との関係を聞かれまして、全部話してしまいました。すみません……」

最初に会った時に、俺のことは秘密にするという約束を、ちゃんと覚えてくれていたようだ。

俺はルミナの頭を撫でながら応える。

「大丈夫だよ。さっき村の皆に教えちゃったし、これからも隠すのは難しかったと思うからね。咎めるつもりは一切ないよ」

ルミナは胸を撫で下ろしてから言葉を続けた。

「あの、それで、母がナギ様にお礼を言いたいようなのですが……連れてきても良いでしょうか？」

「分かった。良いよ」

俺が了承すると、ルミナはすぐに母親とナーシャを連れてきた。

ルミナの母親は俺の前に来て、深く頭を下げた。

母親の両隣でルミナとナーシャもお辞儀をする。

ルーが俺の側に近寄った。

「ナギ様！　話はルミナからすべて聞きました。湖でこの子たちを助けてくれたこと、そして、私の病気を治してくれたこと、心の底からお礼申し上げます。ありがとうございました！」

「お体の調子はどうですか？　その後、どこか不調を感じることなどなかったですか？」

「はい！　お陰様でこの子たちと楽しく生活できています」

あの時の苦しそうだった様子は微塵も感じられず、ルミナの母はハツラツとしていた。

彼女と入れ替わって、今度はナーシャが一歩前に出てくる。

「小さい頃の朧気な記憶で、精霊様に助けていただいたことだけはずっと覚えていました。ご挨拶が遅れてしまいごめんなさい！　あのときは助けてくれて本当にありがとうございました！」

「あの時はすごく小さかったもんね。でも、魔物がいる森の中をお兄ちゃんと一緒に歩いてきたのはすごいことだよ。これからも家族で助け合ってね」

「はい！」

ナーシャが満面の笑みを浮かべて頷く。

ルミナは、すごく嬉しそうに目に涙を浮かべて微笑んでいる。

その後もルミナ一家と話していると、ガッコンガッコンと大きな音が響いた。

何かと思えば、まだ無事な家を大きなハンマーで叩いて壊しているドワーフたちだった。

俺はその光景に一瞬ぎょっとして、ガエルードのもとへ急いで向かった。

「ガエルード、何してるの？　そこはまだ住める家だよね？」

ガエルードは、俺の方を向いて豪快に笑った。

「お？　邪魔だからに決まってるからだろう！　ネガスとここの家主には許可をもらっている。ここのすべてを新しく作り直すからな！　がはははは！」

何かやらかすだろうなとは思っていたが、まさか一から作り直すつもりだとは……

色々と思うところはあったが、村長の許可をもらっているのならガエルードの好きにすれば良いと考え、俺はそれ以上口出しするのをやめた。

最初は戸惑っていた村のみんなも、ネガスから詳しい話を聞いてからは、ガエルードの作業を手伝い始めた。

その日は、残った建物の破壊と全ての瓦礫の片付けに費やされた。

一部ガエルードのせいで申し訳ないと思いつつ、俺たちは持ってきたテントを広げて、村の人々に開放するのだった。


次の日、空いたスペースに家を建てる作業が始まった。

流石はものづくりが得意なドワーフだ。

僅か五時間でものの見事に立派な家を一つ建てた。

その日は家が三つ建ち、子供たちを優先してそこで寝てもらうことにした。

村人たちは、復興の兆《きざ》しが見えたことに喜び、希望に目を輝かせていた。

これなら任せて安心かな。

俺はそう思って、ガエルードに声をかけた。

「俺はアルミナと一旦サンヴィレッジオに戻るよ。何日かしたらまた来るから、この村の復興を引き続きお願いね」

ガエルードは片手を上げて返事する。

「おう、承知した！　次にこっちに来るときは、酒をしこたま持ってきてくれ！」

「分かったよ。それじゃあよろしく」

俺はアルミナの馬車に乗り、ルミナ達に見送られて出発する。

サンヴィレッジオには日暮れ前に到着した。

「次に村の人たちに渡す食べ物と、ドワーフたちのお酒の用意をお願いね」

「かしこまりました！」

そう伝えた後、俺はアルミナと別れて帰路についた。

家には誰の気配もなかった。どうやらルトはどこかに出掛けているようだ。

結界内を探ると、ルトの気配はすぐに見つかった。

「へーリオの所にいるのか」

遊びにいっているだけということがわかって、俺は安堵した。

その場には、他にもドワーフの男の子と獣人の男の子もいるようだ。

二人ともかつてルトと同じ奴隷だった子たちだ。

四人でお泊りでもしているのだろう。

家に誰もいないことと、ルトの行方が分かったところで、俺は意識を湖に戻した。

この後何も予定はないし、今日は家を空けていても大丈夫だろう。

本体である広大な湖に意識が戻ったことで、感覚が何倍にも研ぎ澄まされて、力が湧き上がる。

やっぱりここは一番落ち着くな。

気付けば日は完全に暮れていた。

空は雲ひとつ無く、星が煌めき、月明かりが湖面を照らす。

水面を撫でるそよ風が気持ちいい。

久々に何も考えず、たった一人でたゆたう時間を得られて、俺は心が満たされた。

もう全てを投げ出しても良いかなとさえ思うが……

『まぁそんなことはしないけど……でも、ずっとこうしていられたら幸せだよなぁ』

生来のぐうたらな性格に身を委ねているうちに、次第に眠りに落ちていった。


朝日が昇り、清々しい朝を迎えた。

『もうこんな時間か』

俺は人間の姿になって、サンヴィレッジオに急いで向かった。

道中では、朝日が登ったばかりだと言うのに、ダークエルフやラミアたちが仕事に勤しんでいるのが見えた。

「おはようございます、ナギ様！」

「おはよう」

すれ違う人々が、俺に元気よく挨拶してくれた。

自分の家に到着すると、うちで働くダークエルフの女性の一人——恰幅がよく、優しそうなミラエダがルトの食事の支度をしているところだった。

「おかえりなさいませ、ナギ様！」

「ただいま、ミラエダ。ルトは帰ってきてるのかな？」

「いえ！　ルト様はまだお帰りになられておりません。ですが、朝食はこちらで食べると伺っておりましたので、準備を始めていました。ナギ様の分もすぐにご用意いたしますので、少々お待ちください」

ミラエダが微笑んだ。

「ただいまー！」

タイミングよく、玄関先でルトの声が聞こえた。

「おかえり」

「おかえりなさいませ、ルト様」

「ただいま帰りました！　ナギ様、ミラエダさん！」

ルトが嬉しそうに俺のところに駆け寄る。

俺は、ルトを連れて寛げる部屋に移動し、朝食が出来るまでソファに座って話すことにした。

「今日もどこかにお出かけするの？」

ルトが俺を見上げながら尋ねてくる。

「ううん。いろいろ準備することもあるからね。二、三日はここにいるつもりだよ。ルトは今日も鍛錬するのかな？」

「うん！　今日は一人で剣の練習するつもり！」

「あれ？　いつも一緒に練習してるヘーリオは？」

「ヘーリオ兄ちゃんは、今日は家の手伝いがあるって言ってたよ！」

そこで、ここ最近ルトの面倒を見てあげられなかったことに気付いた俺は、彼に提案した。

「そっか。じゃあ今日は一緒に遊ぼうか」

「ほんと!?　やったー！」

俺の言葉にルトが大はしゃぎしていると、ミラエダが朝食が出来たことを知らせに来てくれた。

食事をとっている間もルトは俺と遊びたい気持ちが抑えられないのか、急いで朝ご飯を食べていた。

「そんなに慌てて食べると……」

俺が止めようとすると――

「大丈……むぐっ!?　ゴホッゴホッ」

ルトが喉につまらせて、水で流し込んだ。

涙目で咳き込んでいる。

「ほら、ゆっくり食べな。せっかく作ってもらった美味しい料理なんだから」

「はい……」

恥ずかしいのか、その後のルトは顔を赤くして言う通りにしていた。

朝食を食べ終わった後、少し休んでから俺とルトは家を出る。

いざ遊ぶと言っても、何をしたら良いのだろうか……

俺はルトに率直に尋ねた。

「ルトは何かしたいことある？」

「僕のしたいこと？」

「うん。なんでも良いよ」

ルトがう〜んと唸った。

しばらく考えてから、何かをひらめいた表情になる。

「ナギ様のスライムみたいに、僕もペットを飼いたいです！」

「ペットか……」

俺が力を注いでいる聖獣の卵が孵《かえ》れば、ルトのペットにしてもいいけど……いまだその気配はないからなぁ。

俺はそう考えてからルトの提案に頷いた。

「よし、ルトのペット探しに行くか！」

「やった！　ナギ様大好き！」

ルトが俺の腰あたりに抱きつく。

「それじゃあ、一旦家に帰って準備しなきゃね」

「はい！」

ペットになりそうなものを捕まえるなら、魔物と戦う可能性も考えなくてはいけない。

すぐに家に戻ると、ルトは自分の部屋からいつも使っている細剣を取ってきた。

「ミラエダさん、ちょっといいですか？」

「あら、ナギ様！　お帰りなさいませ。いかがなさいましたか？」

「これからルトとサンヴィレッジオの外に行ってくるから、昼食用に軽く食べられるものを用意してもらいたくて……」

「かしこまりました！　すぐにご用意しますのでお待ちください！」

ミラエダは笑顔で了承して、パタパタと厨房に向かった。

「ナギ様！　準備できたよ！」

戻ってきたルトの腰には、細剣を差した帯剣用の革ベルトが巻かれていた。

「ちょっと待ってね。今ミラエダさんに持っていくお昼ご飯をお願いしているところだから」

「はーい！」

俺はルトと座って待った。

「ルトはどんなペットがいいの？」

「かっこいいの！」

「かっこいいのかぁ」

この森に、ルトのお眼鏡にかなうかっこいい生き物がいればいいけど……

話しながら待っていること十分ほど、ミラエダはお弁当を持ってくる。

「お待たせしました！　これ、お弁当です！」

「ありがとう、ミラエダ」

「お気をつけて行ってらっしゃいませ！」

ミラエダに玄関先まで見送ってもらって、俺とルトは出発した。

「では行ってきます」

「ミラエダさん、いってきまーす！」


サンヴィレッジオを出発して二十分。

森は静けさに包まれており、周辺には脅威になるような気配は全く感じられない。

ルトは周りをキョロキョロ見回していた。

「あっちの方に行ってみよう」

俺が気配のする方を指さすと、ルトが頷いた。

「うん！」

その方向に向かうと、先ほど感じた気配が遠ざかる。

「ちょっと待っててね、ルト」

多分俺の気配を察知して離れていっているのだろう。

俺は極力自身の存在を感じさせないように、水玉形態になってルトの頭の上に乗っかる。

『もう一回あっちの方に行ってもらってもいい』

水玉の一部をうにょーんと伸ばして方向を示した。

「わかった！」

俺の言う通りにルトが歩き出す。

今度は気配の主は遠ざかっていないようだ。

十五分ほどして気配の主が見えてきた。

「……」

姿を確認すると、ルトが緊張しだした。

茂みに隠れて息を潜める。

そこにいたのは、体は黒い毛に覆われていて、足は靴下を履いたような白い毛をした、牝牛《めうし》よりも大きな狼だった。

狼は樹の脇をのそのそと歩いている。

『あれをペットにする？』

俺がそう聞くと、真下のルトがブンブンと頭を横に振った。

『それじゃあ、ゆっくり離れよう』

ルトは口を抑えて、音を立てないようにゆっくりと後退する。

その時、ルトがパキッと小枝を踏んで音を立ててしまった。

「ッ！」

ルトが顔を青褪めさせ、顔を強張らせる。

大きな狼は耳を俺たちの方に向けて、ゆっくりとこっちを向いた。

「グルルルルル……」

歯を剥き出しにして唸る狼。

のそのそ近づくと、狼が涎を垂らしてルトを見下す。

「ひぃっ……」

ルトは狼を見上げて、怯えながらも腰に差している細剣に手をかけた。

『こら、ルトを怖がらせるな』

水玉から水の触手を伸ばして、俺が狼をパシンと叩く。

「キャンッ!?」

大きな狼は、強い衝撃を受けてズザザと後退《あとずさ》りして、そのまま大人しくなった。

『行こうか、ルト』

「う、うん……」

ルトが少しずつ離れるが、狼に襲ってくる様子はない。

姿が見えなくなると、ルトは大きく息を吐いて脱力した。

「こ、怖かったぁ……」

『大丈夫？』

「だ、大丈夫！」

俺が尋ねると、ルトは気丈に振る舞った。

『無理しないでね。あ、あっちの方に何かいそうだよ』

「うん！」

俺の誘導にしたがって、ルトが再び歩き出す。

どんどん森の奥へと進んでいくうちに、コボルトやゴブリンなどの魔物とも出くわすことが増えた。

だが、この程度の相手は、毎日剣の練習をしているルトの敵ではない。

淀みなく細剣で倒していくのを俺は感心しながら見る。

気配との距離が、だんだん縮んでいった。

『気配の正体はあれだね』

見えたのは、二足歩行で歩いている六十センチくらいの可愛らしいウサギみたいな獣だ。

この世界に転移して手に入れた異世界の知識で、名前をヴィニルチャーと言うことを知った。

「かわいい〜！」

『油断しちゃだめだよ』

あの獣からは、見た目に反して強くて鋭い気配を感じた。

俺の忠告に素直に従ってルトが頷く。

ヴィニルチャーは、こちらに気づかずにトテトテと歩いている。

「よ、よし……」

緊張した面持ちのルトが、木陰から出てヴィニルチャーに対峙する。

「プープー！」

可愛らしく鳴くヴィニルチャーを見て、ルトが一瞬頬を緩めた。

そのまま一歩近づくと、ヴィニルチャーの姿が途端に消える。

「痛ッ！」

ルトの右頬から血が流れる。

俺にははっきり見えたが、ヴィニルチャーが弾丸のように跳躍してすれ違いざまにルトを攻撃したのだった。

「プープー！」

背後で鳴くヴィニルチャーは、まるでルトを小馬鹿にしているようだ。

振り返った瞬間、再び姿が消える。

だが、ヴィニルチャーの次の攻撃は、俺が出した水の膜に阻《はば》まれた。

あと一歩で、鋭い爪がルトの細い首筋を裂くところだった。

「プ⁉」

「え⁉」

水の膜に驚くヴィニルチャーと、自分が致命傷を負いかけてたことに驚愕するルト。

ヴィニルチャーは可愛らしい姿から一変して、獰猛な本性を表すように口を大きく開ける。

びっしりと生え揃った真っ赤な牙を晒して、臨戦態勢に入っていた。

『来るよ』

「ッ！」

大きく口を開けて、ヴィニルチャーがまっすぐ襲いかかってくる。

ルトは、すぐに細剣を構えて迎撃した。

今度は油断せずに、俊敏に動くヴィニルチャーを捉えていた。

俺は、ルトとヴィニルチャーの戦いをじっと見守ることにした。

致命傷になり得る攻撃の時はすぐに助けるが、かといって俺が手伝いすぎると、ルトの実戦経験を奪ってしまいかねないからな。

ルトの体に傷が増えていくが、相手も同じくらいダメージを負っている。

真剣な闘いが続き、互いに消耗しているようだ。

「ハァ……ハァ……」

ルトは肩で息をしながら、闘志を宿した目で真っすぐ前を見る。

まだ戦意は衰《おとろ》えていないようだ。

ヴィニルチャーは巧みな攻撃に晒されて、全身から血を流している。

「プッ！」

「ッ！」

鋭利な爪を向けて飛びかかるヴィニルチャーに、ルトは細剣を突き出す。

これが勝敗を分ける一撃となった。

魔物の爪がルトの心臓に届くよりも先に、ヴィニルチャーの胸に細剣が突き刺さった。

「プ……」

弱々しく鳴いてヴィニルチャーが力尽きて、そのまま地面にドサリと倒れた。

「お、終わった……」

ルトはその場にへたり込んだ。

『お疲れ様。よく頑張ったね』

そう労いながら雫を一滴飲ませると、ルトの体にあった全部の傷が癒えていく。

命懸けの戦いを終えたからか、顔つきが少し逞《たくま》しくなったように見える。

『戦ってみてどうだった？』

「すごく怖かった……でも、こういうのがいるって分かって良かった！　フィリーさんたちは、こんな強いのと戦ってるんだよね！　すごいなぁ……」

ルトは強い感動を覚えているようだった。

『今度はヘーリオと一緒にやってみようか。いろんな生き物がいて、いろんな戦い方がある。それを経験して学んでいけばどんどん強くなるからね』

「うん！」

元気よく答えると同時に、ルトのお腹がグ～っと鳴った。

時間はちょうどお昼頃だ。

森の中を何時間も歩いて、命がけの戦いをすればそりゃお腹も空くだろう。

『お昼にしようか』

「やったー！」

ルトは細剣についた血を軽く拭うとベルトに差して、鞄からお昼ご飯を出す。

俺も人間の姿になって、ルトの隣に座った。

「食べる前にちゃんと手を洗ってね」

「は～い！」

俺が水を浮かべると、ルトはそれに手を突っ込んで洗い始めた。

弁当の包《つつ》みを解《ほど》くと、野菜やお肉を挟んだパンが出てきた。

「美味しそうだね！」

「結構動いたと思うから、たくさん食べな。それじゃあいただきます」

「いただきます！」

人間の姿になったことで精霊力が溢れたようで、周囲にあった魔物の気配がさっと消えた。

静かになった森の中で、俺たちは美味しく昼食を取った。

倒したヴィニルチャーはそのままにしている。そのうち野生のスライムが現れて吸収していくだろう。

食事を終えると、俺は再び水玉の姿になってルトの頭の上に乗った。

『今度はあっちの方に行ってみようか』

「はい！」

森の奥に入るごとに、出現する魔物が強くなっていく。

何とか倒せているが、そろそろルト一人では厳しいだろう。

そう考えていたとき、ドゴッという大きな音が聞こえた。

そのあたりでは何かがぶつかり合うような強い気配を感じる。

「ナギ様、今の聞こえた？」

『うん。なにがあるか確認してみようか。あっちだよ』

「はい！」

音のする方へと進むと、近づくに連れて衝撃音が大きくなっていく。

「ガアアアアアアアア！」

「グオオオオオ！」

二種類の鳴き声も一緒に聞こえてきた。

「ガァッ……」

もうすぐ到着するという時に、片方の呻《うめ》く声がして、一瞬音がやんだ。

どうやら決着がついたようだ。

「グオオオオオオオオ！」

勝利した方の雄叫びがすぐに響き渡る。

鳴き声の正体は、二メートル以上はある翼の生えた白い虎と四メートルはありそうな真っ黒な熊だった。

虎の方は血塗《ちまみ》れになって横たわっている。

「ギャー！」

続いて、小さな虎が吹き飛ばされて、木の幹にぶつかる。

見る限りでは、あの黒い熊が白い虎の親子に襲いかかったのだろう。

親の虎は、子を守るために必死に戦って倒され、今吹き飛ばされた子虎は、倒された親虎を守ろうとしたように見えた。

黒い熊は子虎にトドメを刺そうと近づいていき、手を振り上げる。

「ナギ様！　あの子を助けて！」

『分かった』

ルトに頼まれて、俺は子虎を素早く水の膜で覆った。

水の触手を黒い熊に絡みつかせ、子虎から引き離すように放り投げる。

「グオッ!?」

黒い熊は空中を舞いドシンと地面に叩きつけられた。

それからノソリと立ち上がって、俺たちの方に視線を向ける。

「グオオオオオオオ！」

両手を上げて、黒い熊は体を大きく見せて威嚇する。

俺は人間の姿になると、百近い水の剣をひたすら黒い熊に向ける。

俺の力と、さらに俺から発せられる精霊力のオーラを感じ取って驚いた黒い熊は、一目散に逃げ去っていった。

「ナギ様！」

振り向くと、ルトが子虎の側に座っていた。

視線を移して、倒れてぐったりしている子虎に目を向けた。

「どうしようナギ様……この子、息してない……」

ルトは俺と子虎を交互に見ながら焦《あせ》っていた。

黒い熊に吹き飛ばされて、木の幹に強く叩きつけられた衝撃で、子虎はほとんど虫の息だった。

「大丈夫。まだ生きてるよ」

俺は子虎の口元に人差し指を添えて、指先から雫を垂らす。

雫が子虎の口の中に染み込むと、怪我はあっという間に治っていく。

だけど意識はまだ戻らないようだ。

ルトが子虎を優しく抱き上げる。

「あっちの方も見てみよう」

俺たちは倒れている親虎に近付いて様子を見たが、残念なことに親虎の方は既に事切れていた。

ルトはそれを悲しそうに見つめてから言った。

「僕、この子を連れて帰りたい……！」

一人遺された子虎を可哀想に思ったのだろう。

「その子だけじゃ、ここで生きていくのは厳しそうだから、いいよって言いたいんだけど……ちゃんと面倒見れる？」

「うん！」

「分かった。でも、その子を助けると決めたのはルトだ。最後まで責任を持つんだよ」

「はい！　ナギ様！」

ルトが力強く頷く。

「それじゃあ帰ろうか」

親虎の方は他の生き物の生きる糧になるようにそのまま置いていくことにした。

サンヴィレッジオに戻るころには、日はすっかり傾き、辺りは暗くなっていた。

帰り道でも、子虎は一度も目を覚ますことはなく、ルトの腕の中で眠ったままだった。

復興完了！

翌日、目を覚ました子虎が興奮して暴れ出した。

親虎がどこにもおらず、心細くなったのだろう。

暴れる子虎を、ルトは全身傷だらけになりながら必死に宥める。

俺が助けようとしても、自分でやると言ったきり一人で世話をしている。

「ギャウギャウ！」

だが、そんなルトに対しても子虎は威嚇を続けていた。

帰ってから調べたところでは、この虎はユカリオンという種で、白い毛並みと翼の他に、第三の目を持つという特徴があった。

額にある目は魔眼で、個体によって魔眼の能力は様々らしい。

この子虎の魔眼は、まだ開いていないため、どんな能力なのかはまだ判明していない。

「フィオ～！」

ルトがフィオと名付けた子虎が部屋の中を暴れまわり、その後をルトが追いかける。

物が散乱して後片付けが大変そうだ……

俺は一人掛けのソファーに座り、卵を抱いてルトとフィオの追いかけっこを眺めた。

しばらくして、ルトがようやくフィオを捕まえる。

「ギャウ～！」

フィオはルトの腕の中から逃げようと必死に藻掻《もが》いた。

「いてて……噛まないでよ」

腕を噛みつかれて血を流しながらも、ルトはフィオを離さなかった。

相当痛いはずなのに、そんな表情すらまったく見せない。

俺はルトに向かって声をかけた。

「ルト、離していいよ。この環境に戸惑って興奮してると思うから……今は暴れさせてあげよう。怪我しないように俺が見ておくから、ルトはご飯食べてきな」

「うん……」

素直に従いフィオを離すルト。

フィオは、ルトから離れて部屋の隅で丸まって震えていた。

「ルトはとりあえず怪我を治さないとね。これ飲んで」

指先から雫を出して、ルトの口に含ませる。

フィオの様子を気にかけながらも、ルトは朝ご飯を食べに部屋を出て行った。

部屋には俺とフィオだけが残される。

「さて、どうしたもんかな」

フィオは相変わらず部屋の隅で震えたままだ。

俺が一歩近づくと、その場所から動かずに、歯を剥き出しにして威嚇する。

部屋を暴れまわってフィオも怪我しているだろうから、治してあげたいと思いつつ、手を伸ばすと慌てて逃げ出すので、俺も困ってしまった。

「ギャウ〜……」

毛を逆立てて、低く唸り声をあげる。

「仕方ない。ゆっくり慣れてってもらうしかないか」

俺は再び一人掛けのソファに座り直した。

俺が何もしないことがわかったからか、フィオはその場で蹲って丸まった。

少ししてから、朝ご飯を食べ終わったルトが静かにドアを開けて室内を覗き込む。

「入っておいで」

「う、うん」

部屋に入ってきたルトは、俺のそばでフィオの様子を窺いながら、心配そうに言った。

「ナギ様、フィオのご飯どうしよう……」

「そうだなぁ……とりあえずミルクを用意して様子を見よう。ルオとニオを呼んできてもらってるから、二人に聞いてみようか」

「うん！」

賢者であるユウキの弟子の双子なら、何か知っているかもしれない。

ルトはミラエダにミルクを用意してもらうと、木製のお皿を持って戻ってきた。

口にしてもらえるかわからないが、とりあえず床に置いておく。

「俺たちがいると警戒して飲まないかもしれないから、一応出ていようか」

「はい！」

二人で部屋を出て、別室でフィオの世話をどうするか相談していると、ルオとニオがうちに来た。

「「おはようございます」」

「おはよう。朝早くに呼んでごめんね」

「大丈夫」

「僕達もちょうどナギ様に用事があった」

ニオの言葉に疑問を覚えながら、俺は本題を切り出した。

「そうなの？　とりあえず、先にこっちの話をさせてもやっていいかな？」

ルオとニオがコクンと頷く。

二人にユカリオンの子どもを保護して面倒を見ることになった事情を話した後、ユカリオンの世話の仕方を尋ねた。

「ユカリオンはかなり珍しい存在」

「目撃数も極端に少ない」

俺の言葉に、二人は驚きを隠せず目を丸くした。

相当レアな生物のようだ。

生態についてはこれまでも研究されてきたが、飼いならした前例はないという。

さらに、ユカリオンの子どもは、今までも発見された報告がなく、今回が初めてらしい。

「是非見てみたい！」

「すごく興味深い！」

ルオとニオは前のめりになって、フィオに興味を示す。

「二人とも落ち着いて」

珍しく興奮している二人の姿に俺は思わず苦笑いした。

「ユカリオンの子供は昨日保護したばかりでまだ警戒心が強くてね。この環境に慣れるまでは俺とルトだけで面倒を見るから……お披露目《ひろめ》は少し待ってほしいんだ」

「分かった……」

「それなら仕方ない……」

ルオとニオはガックリと肩を落としたが、ユカリオンの生態について丁寧に教えてくれた。

「警戒心が強く縄張りから出ることは滅多にない。肉食で、狩りを行うときは身を潜めて獲物を狩る習性」

ルオが大まかな説明をしてくれた。

「魔眼は危機に瀕した時に脅威を排除するために使われる。ユカリオンの魔眼は確認されているだけで石化、幻影、遅延、拘束、不視とある」

続けて、ニオが特徴的な魔眼について話す。

「分かった。色々教えてくれてありがとう。そういえば、ルオたちも俺に用があるって言ってたよね？　なにかな？」

「そういえばそうだった」

「ダンジョンのことについて聞きたいんだった」

二人が思い出したように言う。

「珍しい薬草がたくさんあると聞いた」

「ドリアードやアウラウネ、トレントがたくさん生息してると聞いた」

徐々に前のめりになるルオたちに、俺は再び苦笑する。

「そうみたいだね。確かこっちに預かった素材をしまってあるはず」

フィリーから預かっていたいくつかの素材を、俺はテーブルに広げる。

様々な花や葉っぱ、根や種などを並べていくと、ルオたちがテーブルのものを観察し始めた。

「これはアウラウネの花の蜜《みつ》だ。進化の秘薬や強力な媚薬《びやく》の材料になる」

ルオが手にしている小瓶には、赤紫色の粘度の高い液体が入っている。

「これは……ソフィアール。かなり珍しい。邪悪な呪いを浄化する秘薬の材料」

ニオはギザギザとしたハート型の白い葉っぱを持っていた。

「これはどんな薬草？」

ルトが一緒になって、水玉模様の紫色の葉っぱを手にする。

「それはミーゲルという薬草」

「魔話薬《まわやく》の材料の一つ」

二人は答える。

「魔話薬ってなに？」

目を輝かせながらルトが二人に尋ねる。

「魔物の言葉が分かるようになる薬」

「魔物使いが使う薬」

「すごい！　その薬があればフィオと話せるようになるの!?」

「フィオ？」

「保護したユカリオンの子供の名前だよ」

聞き返すニオに、ルトが応える。

「僕が名付けたの！　ねぇねぇ、それで魔話薬があればフィオと話せるようになる⁉」

「ユカリオンは魔物じゃないから無理」

ルオが首を横に振った。

「そっかぁ……」

それを聞いて、残念そうな表情を浮かべるルト。

そこにルオが助け舟を出す。

「ユカリオンと話したいなら獣念薬《じゅうねんやく》が良い」

「獣と意思疎通が出来るようになる薬」

「僕、それ欲しい！」

「分かった。師匠にお願いしてみる」

「師匠なら持ってるかも」

元気になったルトの様子に二人はホッとするのだった。

袋の中には他にも魔力を増幅させる薬や若返りの秘薬、夜目薬《よめぐすり》、無臭香《むしゅうこう》、覚醒薬《かくせいやく》などいろんな薬の材料になる素材がたくさん入っていた。

「これとこれは見たことがない！」

「新種の可能性が高い！」

二人は素材の観察に夢中になっている。

ここにある素材は全部持っていっていいと言うとルオたちは大喜びした。

普段は表情が乏しい二人だが、この時は満面の笑みを浮かべる。

早速研究するということで、二人は足早に帰っていった。

「そろそろフィオの様子を見てみようか」

「うん！」

俺たちは静かにフィオのいる部屋に向かった。

ミルクが飲まれた様子はなく、物陰になっているところから俺たちを警戒していた。

「飲んでないね……」

ルトが悲しそうに言った。

「またしばらくそっとしておこう」

「うん……」

ルトはその日ずっと気が気でない様子でソワソワしていた。

フィオのことが相当心配なのだろう。

だが、これぱかりは心を開いてくれるまで待つしかない。


次の日の朝。

なんとなく確認してみると、ミルクのお皿が空っぽになっていた。

それを見てルトは大喜びした後、新しいお皿にミルクを入れて持っていく。

昼過ぎになって、アルミナが俺の家に来た。

「ナギ様、食料やお酒の準備が出来ました。積み込みも終わってます」

「ありがとう。明け方にあっちに到着するように、今夜出発しよう」

「かしこまりました。では今夜お迎えに上がります」

ミラエダが用意したお茶を飲みながら、アルミナは少し歓談した後に帰っていった。

「ルト、ちょっといいかな?」

ミラエダとフィオのことについて話をしていたルトを呼び止めて、俺は声をかける。

「ナギ様どうしたの?」

「今夜出かけることを言っておきたくて。また二、三日帰ってこないと思う」

「は〜い!」

ルトの元気のいい返事に微笑ましい気持ちになりながら、俺は宙に向かって呼びかけた。

「スイコいる?」

『お呼びでしょうか、お父様』

「またルトのことお願いね。怪我とかしたら治してあげて」

『かしこまりました』

時間はあっという間に過ぎて夜遅くになる。

荷物が満載の大きな馬車に乗って、アルミナが迎えに来た。

『行ってらっしゃいませ、お父様』

「行ってきます。ルトとフィオのことお願いね」

『はい！』

スイコにそう伝えて、俺は御者席のアルミナの隣に座った。

アルミナの運転で馬車がゆっくりと動き出す。

明け方になるころには目的地の村が見えてきた。

「「……」」

俺とアルミナは馬車から見える村の景色に言葉を失った。

つい数日前まで瓦礫の山と化していたはずなのに、そこには立派な壁が聳えている。

十中八九ドワーフの仕業だ……

「とりあえず行ってみようか」

「は、はい……」

アルミナは戸惑いつつも、鞭《むち》で軽く馬の尻を叩いて、ゆっくり馬車を走らせる。

門を通り抜けると、家がいくつも建ち並んでおり、立派な町並みが出来つつあった。

大きな通りを進むと、広場に到着して馬車を止める。

「ナギ様！」

ルミナが手を振って駆け寄ってくる。

「なんかすごい見違えたね。しっかりした壁も出来ててびっくりしたよ」

「で、ですよね」

俺の言葉にルミナは苦笑いを浮かべた。

「おう、来たか！　頼んでた酒は持ってきてくれたか？」

ガエルードは、俺たちの姿を見つけるなり大股で近づいてきた。

今にも馬車の荷物を引っ張り出して、お酒を取り出しそうな迫力がある。

「ちゃんと用意したよ。だけどその前に村の状況を教えて」

「そんなのは後じゃ、後！　まずは酒じゃ！」

そう言って馬車に飛び付こうとするガエルードを、俺は水を操って拘束した。

「むお～～酒～～～！」

酒樽を目の前にしてお預けをくらったショックで、ガエルードが大声で叫ぶ。

「ルミナ、どこか落ち着いて話せる場所はあるかな？」

「ナギ様、こっちです！」

「アルミナは荷解きしてて」

「かしこまりました！」

アルミナに指示を出してから、俺はガエルードを水で拘束したままルミナの案内する場所へ向かった。

少し歩くと、館のような堂々とした建物に到着した。

「ここは？」

「寄り合い所だよ！」

「へぇ」

寄り合い所というより、かなりしっかりした役所のような建物だった。

正面の入り口から中に入り、一階奥の小会議室のような感じの部屋に入った。

ガエルードを水の拘束から解放して、それぞれ椅子に座る。

「早速ガエルードに聞きたいんだけど、あの大きな壁は何かな？」

「見りゃ分かるだろう。あれは防壁じゃ」

「魔物から襲われないようにって作ってもらいました！」

ガエルードの雑な答えをルミナが補足してくれる。

「なるほどね。あれだけすごそうな壁なら魔物に襲われる心配をせずに安心して暮らせるってことか」

「ドワーフ特製の壁じゃ。巨人が来てもビクともせんわい！」

自信満々で胸を張るガエルード。

「壁のことは分かった。でもそもそも、村をこんなに大きく作り直す必要はあったの？　元の村よりも大きくない？」

「なぁに、デカいほうが良いじゃろう！」

ガエルードがガハハと笑った。

隣ではルミナが困った表情をする。

「僕たちの村を作り直してくれてるし、ネガスさんも許可してるから……」

「ナギ様が関係するところなのじゃから、見栄《みば》えは良くせんとな！」

「それにしたって大きすぎるよ。住民に対してあの規模は持て余すと思うけど……」

「なぁに、なんとかなるじゃろ！」

楽観的に答えるガエルード。

まぁ、これ以上言っても意味なさそうだし、ルミナをはじめ、村の人々がいいと思っているならいいかな。

「まぁ無事暮らしていけそうで何よりだよ。何か必要なものとかあるかな？」

「酒じゃ！」

ガエルードが即答する。

「お酒はアルミナがちゃんと用意してるから待ってね。ルミナは何かあるかな？」

「う〜ん……穀物とか野菜の種かなぁ……栽培してたのは全部ダメになっちゃったから……」

「分かった。それも用意しておこう」

「ありがとうございます、ナギ様！」

その他にも塩や油、ロウソクなどを用意することをルミナと約束して、話を終える。

三人で寄り合い所を出て、アルミナの所に戻ると、人で賑わっていた。

「ナギ様おかえりなさいませ！」

「ただいま。すごい人だかりだね」

「はい！　皆さんが手伝ってくれたんです。すごい助かりました」

馬車の荷台は空っぽになっていて、広場の中央に集められている。

酒樽のところにはドワーフが既に陣取っていた。

そこにガエルードが一目散に走っていく。

村人たちは荷物を勝手に開けないで待っていた。

「それじゃあ食べ物は配っちゃおうか」

「はい！」

食料が入っている木箱の蓋を開けて村人たちに配る。

まとまった食料の供給に皆大喜びだ。

食料を配り終えると、俺とアルミナは村長のネガスの家に招待された。

ユウキから地球の建築を学び、この世界の技術と融合したドワーフたちが作った家だから、村の家とはいってもかなり先進的な造りをしている。

トイレやお風呂がちゃんとあり、居心地がいい。

ユウキとドワーフたちが開発した革新的な上下水技術の賜物《たまもの》だ。

だが間取りや設備は良い一方で、家具は揃えられていないため妙にちぐはぐだった。

一晩明けてから村の様子を見て回る。

ドワーフたちは、酒のおかげでかなり威勢良く家造りに勤《いそ》しんでいた。

村人たちはドワーフの手伝いをしたり、荒らされた田畑を再び耕《たがや》したりしている。

「ナギ様！」

畑仕事の手伝いをしていたルミナが俺に気がついて大声で呼び、手を振った。

そのままこちらに駆け寄ってくる。

ルミナの声に反応して、作業をしていた村人が慌てて手を止めて、その場で平伏する。

「……」

まあそうなるか。

俺は大精霊だ。それを知ったからには普通には接してはもらえない。

彼等にとって俺という存在は伝説に等しいのだから。

だから俺はその場で精霊体となって姿を隠した。

普通の人は俺の姿が見えなくなるが、精霊使いであるルミナは俺をしっかりと認識できる。

これなら周りの目を気にせず話ができるだろう。

『ルミナ、あっちで話をしよう』

「はい！」

元気よく返事をして、ルミナが俺の後をついてくる。

少し離れて人影がなくなったところで、俺は再び人間体になった。

「ルミナにお願いがあってね。村人の皆に俺を普通の人間として扱ってほしいと伝えてほしいんだ。そうしてもらえないとここに来にくいというか、活動しにくい」

「分かりました！　伝えておきます。ナギ様は今何をなされているのですか？」

「どんな様子か見て回ってたところだよ。こうしてみると、長閑《のどか》で良いところだね」

「色々あって変わってきてはいますが、もともとはのんびりしたところなので、そう言っていただけて嬉しいです！　まだ悲しみはありますが皆前向きに頑張ってます」

「そっか」

「皆、ナギ様に感謝してますよ！　食料をいただけて、壁や家を作ってもらえて、誰も飢えずにすみました。本当にありがとうございます」

ルミナが丁寧に頭を下げる。

「頭を上げて。俺からしたら君のためにやったことだから」

「僕の……ためですか……？」

「そう。君は俺の眷属と契約したんだ。眷属はいわば俺の子。その契約者は大事な存在だ」

ルーと契約したルミナを助けるために駆けつけ、そのルミナに頼まれたから村を助けた。ただそれだけ。

ポンとルミナの肩に手を置いた。

「ルーのことはこれからもよろしくね」

「はい！」

「村が落ち着いたらルーと一緒に湖に遊びに来るといいよ」

「良いんですか!?」

『やったー！』

ルミナとルーが大喜びした。

話を終えると、ルミナと別れて俺は村に戻った。

村に入る前に精霊体となり、俺はアルミナの所に向かった。

「ここで何してるの？」

「わぁ⁉　ナギ様！　驚かさないでくださいよ～！」

彼女のすぐそばまで近寄ってから、人間の姿になり声をかける。

アルミナは俺が突然現われたことにびっくりして飛び上がった。

「ごめんごめん。人間たちが俺を見るとみんな頭を下げるからさ。移動中は姿を隠してたんだ。それで、ここで何してるの？」

「この際だからこの場所に私のお店を建てようと思ってまして」

「へぇ～、良いんじゃないかな」

広場にかなり近く立地はすごく良い。

ダークエルフたちが作った野菜や雑貨、狩りで取れた肉なども少し販売したいと彼女は計画を語ってくれた。ここからいずれは、販路を拡大するのだと目を輝かせるアルミナ。

商魂逞しい彼女らしい。

サンヴィレッジオの方を本店として、その本店は商売のいろはを叩き込んだアルミナの右腕のダークエルフにしばらく任せるようだ。

アルミナと別れてから、俺はガエルードの所に向かう。

「それはそっちに運べ！　それはこっちだ！」

怒号のような大声で、ガエルードはドワーフたちに指示を出している。

そのドワーフたちは活き活きと大きな建物を造っていた。

「ガエルード、この建物は何？」

「おう、ナギ様か！　これは鍛冶屋《かじや》だ！　ここで若いドワーフに鍛冶をやらせようと思ってな。ガハハハハハ！」

良質な材料が豊富なサンヴィレッジオでは、既に何件も鍛冶工房が出来ているから飽和《ほうわ》気味だったらしい。ちょうどいい機会だからと言っていた。

「それにしたって大きな建物だね」

「俺たちが使うんだ、大きいに越したことはないだろう！　でけぇ炉をぶち込んで色々作らせるんだ。それに、この村に立派な鍛冶屋が出来れば人間どももなにかと便利だろ」

「まぁそれは確かに」

今は金物も不足しているだろうし、村の助けになることは間違いない。

それからしばらく雑談したり、建築の様子を眺めたりしていると、ルミナが俺のところに駆け寄ってきた。

どうやら仕事は終わったようだ。

「ナギ様！　今夜は是非うちに来てください！」

「いいの？　それじゃあお言葉に甘えようかな」

ルミナの所なら断る理由はない。

しばらく滞在する予定だったネガスの家に行き、今日はルミナの家にお世話になることを伝えた。

アルミナはそのままネガスの所に滞在することになっている。

ルミナに付いていくこと数分。家にはすぐに到着した。

ルミナたちが暮らす家は三階建てだ。

「ようこそ、ナギ様！」

ルミナは嬉しそうに俺を家の中に入れてくれた。

「ようこそお越しくださいました、ナギ様！」

「どうぞお寛ぎくださいませ」

ナーシャと母親も俺を温かく迎えてくれた。

食事の用意が出来ているのか、既に家の中には良い匂いが漂っている。

「どうぞこちらに！」

ルミナが早速食事を準備している部屋に案内してくれる。

あまり食材が豊富じゃないから質素ではあったが、作った人の真心を感じる美味しいものだった。

食事中はルミナとナーシャが楽しそうに話したり、俺に質問したりしていた。

食事の後はルミナの寝室に向かう。

部屋につくと、俺は水玉の姿になって宙に浮かんだ。

「ナギ様はあの湖にどれくらい住んでるのですか？」

『七、八年くらいかなぁ』

「そうなんですか！　その前はどこかにいたのですか？」

『ううん、気がついたらあの湖にいた。そこで初めて出会ったのが君たち兄妹だよ』

「そうだったんですね！　ナギ様に出会えて良かったです！」

ルミナが屈託《くったく》のない笑顔を俺に向ける。

『それで君のお母さんを助けて、初めて眷属を作り出したんだよ。ルーは俺の最初の子供だね』

『えへへ～』

ルーは空中でヒラヒラ飛びながら表情を緩めていた。

その時コンコンとドアがノックされる。

ドアが少し開き、その隙間からナーシャが顔を少し覗かせた。

「お兄ちゃん、私もナギ様とお話したい……」

「ナギ様いいですか？」

『もちろん良いよ』

それからはナーシャが加わり話が続いた。

母親は既に寝ているそうだ。

「お母さんを助けてくれたあと、ナギ様は湖でどう過ごしていたのですか？」

ルミナは俺に興味津々のようで色々聞いてくる。

『ルミナのお母さんの病気を治して湖に戻ったあとは、ダークエルフの親子が来たんだよ。それで、どこにも行くところがないって言う話だったからあの森に住んでいいよって話してね……』

それから今日まで会ったことをかいつまんで色々聞かせてあげた。

ルミナたちは俺の話を聞くたびに喜んだり、驚いたりと表情をコロコロ変えた。

「すごいなぁ……ナギ様と契約して勇者になるなんて……会ってみたいなぁ！」

ルミナはヨナに憧れを抱いたようだった。

「私はバラギウスに会ってみたいです！」

『ヨナは今居ないからなぁ……でも弟のルトとバラギウスならこっちにいるから、ルトたちがいいって言ったら今度連れてきてあげるよ』

「本当ですか!?」

「楽しみです！」

「じゃあ今度はルミナの話が聞きたいな」

「はい！」

ルミナは、俺が母親の病気を治して湖に戻った後のことやルーと契約した時のことを話してくれた。

◇◆◇◆◇

大精霊ナギ様にお母さんを治してもらってから、僕――ルミナの生活は劇的に変化した。

村の皆は精霊の奇跡と言って、ご利益を受けようとばかりにお母さんに会いに来たり、手を握ったりといった感じで我が家は有名になった。

病気が治ったお母さんはすごく元気で、精霊様に感謝のお祈りをするようになった。

ミルおじさんはナギ様が一晩で消えたことで、精霊様だったんじゃないかと考えているみたいだった。

危ない森に妹のナーシャと一緒に入ったことは皆からすごく叱られたけど、精霊様に助けられたのはすごいと言われた。

それから、ナギ様と出会ってから誰にも言えない秘密の友達も出来た。

名前はルー。

ナギ様が僕に紹介してくれた精霊だ。

姿は見えないけど、なんとなくそばにいるのは分かるし、こっそり呼びかけるとフワッと冷たい何かが頬を撫でるんだ。

家でナーシャと二人だけの時は、ルーとよく遊んだ。

「ルー、いつものふわふわやって～！」

そういうと、ポンッと小さな水の泡が出てきて、ふわふわ飛んでパッと消えちゃうのを見せてくれるんだ。

ナーシャはそれが大好きで、いつも大喜びだ。

ある日、お母さんが不思議そうな顔をして畑仕事から帰ってきた。

「お母さんどうしたの？」

「お母さんね、今日すごい不思議なことがあったの。指をちょっと怪我しちゃったんだけど、すぐに治ってね。私を治してくれた精霊様が見守ってくださってるのかしら」

「うん！　きっとそうだよ！」

俺は自信満々に答える。

治したのはきっとルーだ。

僕やナーシャが遊んで小さな怪我をした時も、冷たい手で撫でられるかのような感じがした後に治るのだ。

それからしばらく、ルーといつも一緒にいて、話しかけたり遊んだりするうちに、少しずつだけどなんとなくルーの気配がはっきり分かるようになってきた。

ルー自体の存在もこころなしか大きくなっているように感じる。

僕が七歳になったある日、朝起きたら小さな水の男の子がくっきり見えるようになった。

それがルーだと理解するのに、そんなに時間はかからず、僕は思わずジーッと見てしまう。

ルーも僕が見えていることが分かって、すごく嬉しそうに僕の頭の上をスイスイ泳ぐように飛び回る。

ルーが見えるようになって数日経ったある日、村に定期的に訪れる行商のお姉さんのアルミナさんがやって来た。

護衛の冒険者のフィリーさん、ガンドさん、シャナスさん、獣人のフェイルさんも荷台から降りてきた。

エルフのフィリーさんは僕のことを見ると、少し驚いた表情をして小さく手招きしてきた。

なんだろうと思いながら、フィリーさんのところに向かうと、小さな声で尋ねられる。

「君、えっとルミナくんだったかな？」

「はい！　ルミナです！」

「ルミナくんはその子見えてる……よね？」

フィリーさんがルーを指さす。

僕はフィリーさんにルーが見えていることに驚き、思わずコクコクと頷いてしまった。

後で教えてもらったんだけど、エルフは皆精霊様が見えるらしい。

すごく羨ましいと思った。

「ねぇルミナくん、水の精霊のルー様と契約してみる？」

「契約……ですか？」

「え～とね、今はルミナくんとルー様はお友達みたいな関係なんだけど、契約をするとルミナくんにルー様がすごい力を貸してくれるようになるの。仲間みたいな感じかな。それから、仲間になればルー様ともお話できるようになるよ？」

「ほんと!?　僕、ルーと仲間になる！」

仲間になってルーとお話できるようになるなら、すぐに契約したいと思った。

フィリーさんの提案に力強く頷き、契約の仕方を教えてもらった。

契約方法は二つあって、精霊を召喚して相応の代償を支払って契約してもらう方法と、精霊と信頼関係を築いた後に、思いが通じ合っていた場合に双方の意思のもとで契約を行う方法だ。僕とルーはずっと一緒にいたからすごく信頼しあっているし、兄弟のように思ってる。

「ルー、僕と契約してくれる？」

そう聞くとルーは嬉しそうにコクコクと頷いた。

「それではルミナくん、右手を出して」

「こう？」

僕が手を前に出すと、それをひっくり返しながらフィリーさんが説明してくれた。

「手のひらじゃなくて手の甲ね。よろしくお願いしますって気持ちを込めて、ルー様の名を呼んであげてください」

僕は頷いてから名前を呼んだ。

「ルー」

強く気持ちを込めて呼ぶと、ルーが僕の手の甲に触れる。

すると、ルーと心が繋がりあったような不思議な感覚に包まれた。右手の甲に不思議な模様が浮き上がる。

『ルミナ、聞こえる？』

「聞こえるよ！　ルーの声が聞こえる！」

僕とルーは互いに喜びあった。

「ルミナくんおめでとう。精霊と契約したことで君は精霊使いになって、精霊魔法が使えるようになりました。精霊魔法、学んでみたい？」

「精霊魔法？」

「ルー様と協力して魔法が使えるようになるの。ルー様は水の精霊だから、水の精霊魔法が使えるのよ」

「そうなの⁉　使ってみたい！」

それからはフィリーさんから精霊魔法を教えてもらうようになった。

アルミナさんがこの村に訪れたときに少しずつ指導を受けて、離れるときに毎回宿題を出される。

僕は頑張って精霊魔法を練習した。

ルーと契約して、右手に印が出たことは、村の人に隠し通せるはずもなく……僕は、精霊と契約したことをお母さんや村の皆に打ち明けた。

フィリーさんが一緒に説明してくれて、皆にすごく驚かれた。

その日はお祝いとなり、宴が催《もよお》され大騒ぎとなったのだった。

大人たちがみんなして僕の頭を撫でていくから、髪の毛がなくなっちゃうかと思った……

村が有名になりまして

ルミナの村には数日滞在した。

ドワーフたちの尽力もあり、村の新たな生活はすぐに軌道に乗り始めた。

そんな折、調査隊だという冒険者たちがこの村にやって来た。

対応は村長のネガスが引き受けているらしい。

俺はネガスの家で寛ぎながら、村長が戻ってくるのを待っていた。

「そろそろサンヴィレッジオに帰ろうかなぁ」

座ってだらけているところに、ネガスが戻ってくる。

その表情はやけに申し訳無さそうだ。

「ナギ様、今お時間よろしいでしょうか……？」

「どうしたの？」

「その、冒険者の方々がナギ様にお会いしたいとおっしゃっていまして……」

「俺に？　分かった」

ネガスに案内されて、以前訪れた寄り合い所に向かう。

彼らがいるという会議室のドアをノックした。

中では、三人の冒険者が待っていた。

俺が入るなり椅子から立ち上がって挨拶を始める。

「はじめまして。自分は調査隊のリーダをやってます、一級冒険者のシオウと申します」

黒髪を逆立てて、髭をびっしり生やした、二メートル近くある身長の男が最初に頭を下げる。

「俺はユニアン」

切れ長の目をした、プライドの高そうな青髪の男が、俺のことを胡散臭そうに睨みつけた。

「ミュシルよ」

最後に、金色の長い髪を揺らしながら、高飛車そうな見た目の女性が鼻を鳴らして名乗った。

「俺はナギです」

「貴方が！」

シオウが俺の前まで近寄って頭を下げた。

「あなたが！　あちこちから大精霊様であるという噂を伺いました！」

「シオウさん！　そいつが本当に大精霊かわからないでしょう！　貴方が軽々しく頭を下げないでください！」

ユニアンはシオウのことを相当慕っているようだ。

俺を思いっきり睨みつけた後で、シオウを諫《いさ》める。

村人から俺のことについて聞いたのだろう。

シオウは、俺について聞いた話の真偽はともかく、俺に対して丁寧な対応をしている。

一方で、ユニアンとミュシルはそのことを信じきれず、俺の様子を探っているようだ。

「俺が大精霊かどうか、君たちが信じようが信じまいが、それは俺にとってどうでもいい。話がしたいとネガスに呼ばれたからこっちに来ただけだ」

「なんだと、この野郎！」

「ユシアン！」

ユシアンが俺に掴みかかろうとし、シオウがそれを慌てて制止しようとする。

だが、その前に俺が出した水の薄い膜がユシアンの手を阻んだ。

それから水の鎖を出して、ユシアンの両腕を拘束する。

「あわわわわわ……」

ネガスは顔を真っ青にしてガクガクと震えた。

「別にいいよ。君たちが俺をどう思っても。でも初対面の相手にいきなり掴みかかるのはどうかと思うよ？」

水の拘束を解き、俺はそのまま部屋を出ようとする。

「お、お待ち下さい！　仲間が大変失礼いたしました！　ご無礼お詫び申し上げます！　どうかお許しいただけないでしょうか！」

シオウが、ユシアンより先に頭を下げた。

「シオウさん……」

拘束が解かれたユシアンは、そこまでするシオウに戸惑いを見せる。

だが、今のユシアンへの行動を見て、ミュシルは態度を変えたようだ。

シオウに倣って頭を下げた。

「私からも謝罪させてください。これまでの非礼、大変申し訳ございませんでした」

ユシアンはまだ状況が呑み込めていないようだ。

「……はぁ。わかりました」

大の大人が、それも一級冒険者のシオウが額を床につけて謝罪したのだから、それを無下にするわけにもいかない。

ここでへそを曲げて出ていけば俺のほうが大人気ないだろうし……それに、別に怒りの感情はそれほどない。

知らない相手から話がしたいからと呼ばれたと思ったら、いきなり掴みかかれそうになって呆れているだけだ。

俺は席につくが、ネガスと冒険者三人は直立したままだった。

「座らないの？」

俺が声をかけると、ようやく全員が座った。

シオウが話を切り出す。

「この村の住人や精霊使いの少年ルミナさんから話は伺いました。それで、大精霊ナギ様に助けていただいたと聞き、それが真実なのか確認したくてお呼びいたしました次第です。大変不躾《ぶしつけ》なことをお聞きすることを何卒ご容赦頂けますようお願い申し上げます」

「分かった。聞きたいことって俺が本当に大精霊かどうかでしょ？」

「……左様でございます」

俺はいつも他の人に正体を明かす時と同じく、その場で澄んだ水玉の姿になって空中に浮かぶ。

シンと静まり返る会議室。

冒険者の三人は口を開けて俺の姿を呆然と眺めた。

『俺は湖の大精霊ナギ。今の俺は、本体から意識を分けて水で作り出した体でこの場所にいる感じだよ。これで信じてもらえたら良いんだけどね』

「い、いえ！　こうして実際にその姿をお目にかかり、真実であると確信いたしました！　ありがとうございます！」

「さ、先ほどは大変失礼いたしました……」

ユシアンは物凄く萎縮《いしゅく》し、顔を真っ青にして謝罪していた。

その後はシオウたち調査隊がこの村に来た経緯を聞いた。

この村で俺が倒したあの黒い化け物は他にも居て、他の村や町でも猛威を振るい大きな被害をもたらしたのだという。

だから調査隊が組まれて、各村や町を周り、被害の調査をしていると説明された。

「なるほどね」

ちなみに、他のところに現れた黒い化け物は冒険者や騎士団によって討伐されたようだ。

「この村で建てられたあの壁や家々はドワーフたちの手によるものだと聞きました。さらに、そのドワーフたちはナギ様の関係者だと……」

「そうだよ。俺がこの村の危機を感知して化け物を倒したところで既に壊滅状態だった。助けて欲しいとお願いされたから助けただけだよ」

「慈悲深い御心に感謝申し上げます！　大変厚かましいのは重々承知でのお願いなのですが……ナギ様のその御慈悲を他の被害にあったところにも授けていただけないでしょうか……？」

「……それは無理だね」

きっぱりと即答する俺にシオウは仕方ないと頷いた。

ユシアンは何か言いたげだったが、グッと呑み込んだようだった。

まぁ、彼らの気持ちも分からなくないが、俺があの村を助けたのはルミナがいたからだ。

「……ではこれだけお聞かせ願いないでしょうか。ナギ様は今後もこの村をお助けになられるのでしょうか」

「助けるよ。そうする理由があるから」

「お答えいただきありがとうございます。そして、お時間をいただき誠にありがとうございました」

深々と頭を下げるシオウに見送られて、俺は会議室を出る。

寄り合い所を後にした俺は、一足先にネガスの家に戻った。

ネガスはあの場に残り調査隊の面々とまだ話があった。

彼が帰ってきたのは、完全に日が暮れた後だった。

調査隊は翌日も村のあちこちを見て周ってから帰っていったようだった。

さらに翌日、大勢の村人とネガス、ルミナ一家に見送られて、アルミナと俺が乗った馬車が出発した。

「お世話になりました。また物資を持ってきますので」

「ありがとうございます、ナギ様！　いつでもいらしてください！　お待ちしております！」

「ナギ様！　また来てくださいね！」

サンヴィレッジオに到着すると、遅い時間にもかかわらず、大勢のダークエルフやラミア、ドワーフに迎えられた。

自分の家に到着すると、ルトとスイコが近寄ってきた。

「おかえりなさい、ナギ様！」

『おかえりなさいませ、お父様』

「ただいまルト、スイコ。フィオの様子はどう？　慣れたかな？」

「僕とスイコには慣れてくれたけど、ミラエダさんたちのことはまだ警戒してるかも」

「そっか。今会いに行っても大丈夫かな？」

「大丈夫だと思う！」

ルトに手を引っ張られて、俺はスイコと一緒にフィオのいる部屋に行く。

「ギャオ～！」

フィオがルトを見るなり猛突進しているのを見て、ここ数日でのフィオの変化に驚いた。

「うわぁ！」

ルトがフィオを抱き止める。

『お父様が出かけている間、ルト様が一生懸命フィオのお世話をしていました。最初の頃は酷く警戒されていましたが、次第に心を開くようになり、今ではルト様にはあのような姿を見せるようになっています』

俺がいない間のことを、スイコが教えてくれる。

「そっか。ルトとフィオのことありがとうね」

『い、いえいえ！』

照れるスイコ。

「ルト、フィオに挨拶してもいいかな？」

「うん、いいよ！」

フィオを抱っこしたまま俺に近づくルト。

「ギャオ～！」

俺に対して警戒心をあらわにするが、最初の頃に比べればそれほど酷くはない。

「フィオ～、ナギ様だよ。すっごく優しいから大丈夫だよ」

「ギャオ？」

フィオはルトの言葉に答えるかのように胸の中で顔を見上げて、つぶらな瞳をルトに向ける。

俺は少ししゃがんで、ルトの胸に抱かれているフィオに目線を合わせた。

「フィオ、俺はナギだよ。よろしくね」

「……ギャオ～」

「大丈夫みたい！　ナギ様、フィオの頭なでてあげてみて！」

「分かった」

驚かせないようにフィオの頭に手を乗せ、ゆっくり頭を撫でる。

「ギャオ～」

気持ちよさそうに目を細め、フィオが喉をゴロゴロと鳴らす。

猫のようで愛くるしい。

どうやら俺は受け入れてもらえたようだ。

「可愛いね」

「うん！」

それから俺たちの生活にフィオが本格的に加わり、賑やかになった。

数日してうちで働くダークエルフの女性たちも次第に慣れていき、その愛くるしい姿を見せて見事にメロメロにした。


湖でボーッとしたり、バラギウスの狩りを一緒に行ったり、ダンジョンの植魔秘域の攻略から戻ってきたフィリーたちの報告を聞いたりしているうちに、日々はあっという間に過ぎていく。

アルミナに次に持っていく物資の準備を終えてもらい、俺たちは再びルミナのいる村へ向かった。

特に問題が起きることもなく、俺たちが門を通り抜けるとルミナが大きく手を振って駆け寄ってくる。

「ナギ様〜！」

ルミナは馬車のすぐそばまで来て、上がった息を整えながら言った。

「はぁ……はぁ……ナギ様、アルミナさんようこそ！　お待ちしてました」

ルミナの声につられて村人たちが続々集まる。

あっという間に馬車が取り囲まれ、歓迎ムードになったが、以前のように俺を崇める様子はなくなっていた。ルミナが俺からのお願いを伝えてくれたのだろう。

人だかりを分け入るようにして、ネガスが俺の前に立った。

「お待ちしておりました！　どうぞこちらへ！」

ネガスは皆に道を空けるように言い、広場まで誘導する。

「ネガスさん、ちょっと聞きたいんだけど。なんか人増えてない？」

「はい……そのことで、私からも後ほどお話がございます」

神妙な面持ちで答えるネガス。

とりあえず話は後で聞くとして、村人やドワーフたちに手伝ってもらいながら手早く荷下ろしを行った。

荷解きはいつも通りアルミナに任せて、俺は早速ネガスの話を聞くために彼の家に向かった。

応接間に通されると、俺はネガスに尋ねた。

「それで、どういう状況なの？」

「はい……端的に申し上げますと、近隣の村や町から人が集まってきているのです。その者らに詳しい話を聞いたところ、この村は大精霊様の加護があり、安心して暮らしていけると噂で聞いたようでして……特に化け物に襲われ被害を受けたところから人々が押し寄せてきているのです。その者らを拒む訳にもいかず受け入れている次第でございます……」

すごく申し訳無さそうにネガスが話す。

「なるほどね。そういう話が出回っているということか。その人たちの住むところとかは大丈夫なの？」

「はい。幸いなことに、空き家はたくさんありますのでまだ余裕はあります。ですがナギ様からいただいた物資などを配給しましたので、それは心もとない状況でしたが」

「じゃあ今回俺たちは丁度いいタイミングで来たってことか」

「本当に助かりました」

「話は分かった。とりあえず、今回も食料を中心に多めに持ってきているから活用して。で、それ以外に何か問題は起きてない？　揉《も》め事とか」

「今のところはそのようなことは起きておりません」

「分かった。まぁそこら辺の対応は君たちに任せるよ。でも勘違いしてほしくないんだけど、俺は別にこの場所を守っているわけじゃないし、代表でもない。まぁ、俺のせいでこうなってしまった責任はあるから、いきなり見捨てたりはしないけど……君たちだけで運営していってね」

「もちろんでございます。ありがとうございます！」

「しかし、俺の加護なんていう噂はどこから流れるようになったんだろう。俺が帰ってからこの村に誰か訪れて去っていったことある？」

「はい。ナギ様がお帰りになられたすぐ次の日に旅商人が訪れました。二日滞在して次の村へ行かれましたが……その時に流れたかもしれません」

ネガスの言う通りなら、その旅商人がここの村人から話を聞いて、行く先々で話したのだろうか。それか、この前の調査隊の冒険者がどこかで口を滑らせたか。

まぁ、広まってしまったものはしょうがない。

ドワーフたちのおかげでまだ家にはかなり余裕があるみたいだし、ほどよく受け入れるとしよう。

「それから……ナギ様に一つご相談したいことがあるのですが……」

「なに？」

「ナギ様のお力でこの村は大きく生まれ変わりましたので、ぜひナギ様にこの村の名前を考えていただきたいのです」

「俺で良いの？」

「はい！」

力強く答えるネガス。

「う～ん……」

俺は腕を組んで考える。

「イヴィティニアなんてどうかな？」

イヴィティニアは精霊語で湖の友という意味だ。

サンヴィレッジオの外部にある唯一交流がある村ということで、その言葉が思い浮かんだ。

「素晴らしいと思います！　今日からここはイヴィティニアとします！」

ネガスが即答した。

「そういえばこの村がある国の名前を聞いたことなかったね。この国はなんていう名前なの？」

「シャウディーナ王国でございます！」

「シャウディーナね。教えてくれてありがとう」

「いえいえ！　なんでも聞いてください！」

話も一段落ついて、俺はネガスの家を後にする。

アルミナの所に向かう途中でいろんな人とすれ違ったが、そのいずれもが緊張した様子で深々と勢いよく会釈《えしゃく》していく。

「……」

そのまま通りを歩いていたら、みすぼらしく汚れた小さな男の子が俺を見上げていた。

「も、申し訳ありません！」

足を引きずった女性がその子供を抱き上げて、ペコペコと頭を下げる。

俺に対してすごく緊張しているようで、急いで離れようとする。

「待って」

「は、はい！」

俺に声を掛けられ女性は声を上ずらせて返事をした。

「君はこの村の外から来た人だよね？」

「はい……」

子どもがビクビクしながら答えた。

「その足は怪我で？」

「え……？　は、はい……私が住んでいた村は化け物に襲われて壊滅しました……これはその化け物から逃げる際に怪我をしまして……」

周囲をよく見てみると、余所からここに移ってきた人のほとんどがどこかしら怪我をしていた。

「ナギ様ー！」

そこに、ルミナが手を振って駆け寄ってくる。

「ここで何をしているのですか？」

不思議そうな顔でルミナが俺に聞く。

「いや、なんでもない。行こうか」

「はい！」

俺たちはその場を離れた。

「ルミナ、ここに来る人はああいう人たちばかりなの？」

「そう。怪我してる人ばかり見かけたからさ」

「そうですね。あの黒い化け物のせいで暮らしていた場所を失って、ここに助けを求めて来た人が多いです。他のところではすごい被害だったみたいです……」

ルミナが沈痛な面持ちになる。

「そっか……新しくここに来た人たちとは上手くやれそう？」

「はい！　皆いい人たちですよ。率先して仕事をしてくれますし……家と食事を提供したらとても感謝してくれました」

「ドワーフたちがどんどん家を建てたときは、持て余すんじゃないかなんて心配しちゃったけど、こう考えるとあながち間違ってなかったね」

「すごく良い家だから僕たちも空き家にしておくのはもったいないって思ってたんです。困っている人に使ってもらえて僕としても良かったです」

ルミナは優しく微笑んだ。

話しているうちに、アルミナのお店の前に着いた。

サンヴィレッジオにある本店に見劣りしない、立派な建物だった。

「いらっしゃいませ、ナギ様！」

出迎えてくれたアルミナは上機嫌だ。

「いいお店だね」

「ありがとうございます！　サンヴィレッジオで作られたものを売ろうと考えてます！」

商品棚にはダークエルフたちに伝わる伝統技法で作られた陶器《とうき》や木の置物、ラミアたちが作った綺麗な織物《おりもの》、ドワーフが遊びで作った色鮮やかで美しいガラスの置物やゴブレットが置かれている。

ルミナが俺から離れてそれらの商品を興味津々で眺めていた。

「アルミナ、小瓶とかあるかな？」

「あります！　すぐに持っていきますね」

アルミナは一旦裏に行くと、綺麗な装飾が施された小瓶を持って戻ってきた。

「どうぞ！」

「ありがとう」

その小瓶を受け取った俺は、その中に指先から雫を垂らして入れた。

透き通った水で小瓶の中が満たされる。

瓶に入れたのは俺が普段治癒で使う湖の水だ。口にすれば傷や病がたちまち治る。

「ルミナ、さっきいた足を引きずっていた女性にこれを渡しといて」

「はい！」

ルミナは、俺から受け取った小瓶を大事そうに両手で包んだ。

それからは、アルミナに案内してもらってお店を一通り見て回った。

建物は三階建てで、それとは別に倉庫が建っている。

「今は一階だけしか使っていないですが、ゆくゆくは全部の階をお店にしたいですね」

アルミナは楽しげに語ってくれた。

お店を出た俺とルミナは、その足でドワーフの鍛冶屋に向かった。

前回作りかけの状態を見たが、多分このイヴィティニアで一番大きな建物だろう。

「ナギ様！　ようこそお越しくださいました！」

物を運んでいた若いドワーフが大きな声で俺に挨拶をする。

「ガエルードはいるかな？」

「すぐに呼んできます！」

近くのドワーフが建物の中にいたガエルードを連れてきた。

俺と顔を合わせたガエルードは、かなりテンションが高かった。

「おう、中に入ってくれ！」

俺たちは、ガエルードに手招きされるまま鍛冶屋の中に入る。

ドワーフたちがせわしなく作業をしていた。

「今は大事な炉を作っているところじゃ！」

「へぇ、結構大きいのを造っているんだね」

「これが完成すれば何でも作れるようになるぞ。がはははは！」

俺との会話を聞きながら、ルミナは作りかけの炉に心を奪われているようだった。

「凄いなぁ～……」

ルミナの感嘆する声が漏れ聞こえる。

「この炉を動かす燃料とか、物を作る材料とかはどうするの？」

「アルミナの嬢ちゃんに仕入れを頼んである。ここらへんに鉱物系のダンジョンとかあれば最高なんだけどな！　がははははは！」

「造った製品はアルミナの所に卸すの？」

「おう！　俺たちが作って、嬢ちゃんが売るってことで話はついてるぜ」

「なるほど、それはいいね。完成を楽しみにしてるよ」

「おう！」

鍛冶屋から出て、次に訪れたのはイヴィティニアの外にある耕地だ。

住民が増えたことで、農業に従事している者が多く、エリアも前より拡大していた。

化け物に襲われた被害の痕跡《こんせき》はもう見えなくなりつつある。

数日滞在したが、その間も移り住んでくるものが日々増えていた。

近隣でここの噂がどんどん広まっていっているようだ。

その噂を聞いて行商人も訪れて、村が賑わっていく。

アルミナのお店では、サンヴィレッジオから持ってきた物が飛ぶように売れているという。

もうすっかり活気に満ち溢れている。

さらに何度か俺がサンヴィレッジオから行き来をしていると、その間にイヴィティニアの人口は六百人を超えた。

もう村とは言えない規模になりつつあるな。

いつも通りネガスの家で寛いでいたら、ある日俺の所にルミナが慌てた様子でやって来た。

「ナ、ナギ様、大変です！」

「そんなに慌ててどうしたの？」

「お、王都から偉い人が来ました！　ナギ様に会いたいって……ネガスさんが今対応してます！」

「王都から俺に？」

ルミナの様子からして相当すごい人なのだろう。

渋々だがルミナの案内で広場に向かった。広場には立派な馬車とそれを護衛する騎士がいる。

ネガスは騎士の人と何かを話していた。

俺が来たのを確認すると、ホッとしたような表情になる。

そして騎士たちが立派な箱馬車のドアを開ける。

馬車から降りてきたのは、整った顔立ちで気品のある、白銀のウェーブがかかった髪をした若い男だ。

美しく刺繍《ししゅう》が施された空色のジャケットと白いワイシャツを身につけており、その首元ではジャボが揺れていた。

男は俺の前に立つと、一礼した。

一緒にいた侍従や騎士たちも、男にあわせて頭を下げる。

「大精霊ナギ様、謹んでご挨拶申し上げます。私はシャウディーナ王国の国王代理として参りました、レルエーと申します」

「よろしく、レルエー。まぁ、立ち話もなんだから落ち着いた所で話そうか」

「かしこまりました！」

俺が先頭を歩き、そのすぐ後ろをレルエーがついてくる。

住民たちは、王家の人間の登場に慌てふためき、その場で平伏していた。

俺はレルエーたちを寄り合い所に案内した。

二階の階段近くにある応接室に俺とレルエー、それからレルエーのお付きのものが数人入った。

残りの騎士は寄り合い所周辺や一階と二階の廊下、応接間の入口の前に配備されていた。

物々しい厳重な警戒だ。

俺は部屋の奥側のソファーに座り、レルエーは出入り口側のソファーに腰かけた。

落ちついたところで、レルエーが改めて挨拶する。

「改めてご挨拶申し上げます、ナギ様。本来は国王が直接ナギ様に謁見するべきではありましたが、現在病に伏せておりまして、私が国王より直々に代理に任命されました」

「そうなんだ……病気の容態は？」

俺の質問にレルエーが少し表情を曇らせる。

どうやら快方に向かっているというわけではなさそうだ。

「宮廷治癒師筆頭が治癒を行っておりますが、起き上がるのがやっとの状態です……大精霊ナギ様のお噂は王宮へと届き、国王の耳にも入っています。是非ともご挨拶を申し上げたいということで

「国王より親書を預かりました」

レルエーがそう言うと、右手人差し指に嵌められている青い宝石の指輪が僅かに輝く。

そこから封蝋《ふうろう》されていた親書を取り出し、近くにいた家臣に渡した。

家臣はそのままこちらにやって来て、俺に親書を恭《うやうや》しく差し出す。

俺は受け取った手紙の封蝋を剥がして中を読んだ。

「……」

書いてあるのは、ほとんどが俺を称える言葉、それに付け加えるようにして俺と友好な関係を築きたいというお願いだった。

俺が顔を上げると、レルエーが親書に書かれていたことと概ね同じ内容を口にする。

「我が国のことを是非知っていただきたい。そして叶うのであれば、是非とも大精霊ナギ様との関係を深めたいと思ってます」

「……」

その言葉に邪《よこしま》な感情は感じられない。

この人たちは、嘘偽り無く純粋に俺と繋がりを持ちたいのだろう。

だが交流すると言ったところで、具体的にどうしたいかがわからない。

ただお話をするだけなら、現にこうして出来ている。

「う～ん、交流ねぇ」

さらに言えば、俺は人間とあまり深く関わろうとは思っていなかった。

イヴィティニアの支援以上に人間の世界に踏み込むつもりは現時点ではない。

「えっと……あの……」

俺の反応が良くないことに焦ったのか、レルエーが困った表情を見せた。

「け、結論は急がず、ごゆっくりお考えください。本日は偉大な大精霊であらせられますナギ様にお会いすることができただけでも来た甲斐《かい》がありました。これからも良き関係を築けることを切に願っています」

レルエーが立ち上がって深く頭を下げた。

「まぁせっかく来てもらったし、これを持っていくといい。多分国王の病気が治ると思うから」

絶大な癒やしの効果がある湖の水が入った小瓶だ。

レルエーは、それを大事そうに受け取った。

レルエーの声の調子が打って変わって明るくなった。

「あ、ありがとうございます！　これで父上を救うことが出来ます！」

「父上？　え、君、王子なの？」

代理としか聞いていなかったから血縁を選んでいると思わなかったが……

「はい！　私はシャウディーナ王国王太子をしております。父はエルウェストといいます」

それまでは国の代表として、威厳を保とうとしていたレルエーだったが、ここに来て素の部分が少し見えた。

「そうなんだ。国王様によろしく」

「ありがとうございます！　では失礼いたします！」

王子が部屋を出ていく。

寄り合い所から彼等の気配が遠ざかっていくのを見計らって、俺も建物を出た。

レルエー王子はその後の二日間、村中をじっくり視察してから、王都へと帰っていった。

その間、俺は極力レルエーと会わないように、ルミナの家で隠れて寛ぐのだった。


サンヴィレッジオとルミナの村を往復して生活すること数週間。

この日は、サンヴィレッジオからルトを一緒に連れていくことになっていた。

フィオは、うちのミラエダやダークエルフたちにもよく懐いているので、彼女たちに世話を任せている。

「あれがイヴィティニア？」

「そうだよ」

「立派な壁だね！」

ルトがワクワクした声を出す。

イヴィティニアの中は、多くの人が行き交っている。

中央通り沿いにはいくつもの商店が建ち、広場には屋台や露店もある。

冒険者の姿も多く見られた。

彼らのお目当てはドワーフの鍛冶屋だ。

高品質で高性能の武具を求めて訪れる冒険者が、鍛冶屋が完成してからというのも後を絶たない。

宿屋や酒場も増えてきて賑やかだった。

「人がたくさんいるね！」

人間の多さに驚くルト。

「そうだね～。俺がここを離れた間に、また増えたみたいだ」

この前人口が六百人になったばかりなのに、もうすぐ千人は超えそうな勢いだ。

空き家もほぼ埋まった。

これ以上増えると、家よりもイヴィティニアそのものを拡張しなきゃいけなくなる。

まぁ、それを含めてガエルードに考えてもらおう。

「まずは荷物を置きにいこうか」

「うん！」

ルミナたち一家が暮らす家のすぐ隣にある小さな一軒家にルトを案内した。

ここはちょっと前に建ててもらった俺の家だ。

何度も何度もネガスやルミナの家にお世話になるのも申し訳ないから、ドワーフに頼んで建ててもらったのだ。

空いていた土地だからという理由だったが、すぐ隣に俺が家を建てるとあって、ルミナは物凄く大喜びしていた。

「さあ入って」

「お邪魔しま〜す！」

家は二階建てで、一階はほぼ使われていない炊事場に風呂トイレと食事部屋。

二階はメインに使っている私室とルミナが泊まりに来たときに使う客室のみだ。

「ここがナギ様のこの村でのお家かぁ〜！」

キョロキョロと見て回るルト。

「この部屋を自由に使ってね。荷物置いたら町を案内するよ」

「はーい！」

ルトは客室に荷物を置きにいった。

準備が終わると、俺はルトに村を案内することにした。

まずはドワーフの鍛冶屋へ向かった。

大きな炉は少し前に完成した。

稼働している炉が強烈な熱気を放つ。

その熱気から守るために、ルトを水の膜で覆った。

若いドワーフたちは、熱さを気にすることなく、この熱気の中で活き活きと作業している。

「ナギ様、ルト様ようこそ！」

ガエルードの甥《おい》のアガシードが、鍛冶場の騒音に負けない大きな声で出迎えてくれた。

「ルトに鍛冶場を見せてあげたいんだ。案内をお願いね」

「かしこまりました！」

アガシードが、そのまま案内を買って出てくれた。

まずは大きな炉の前に案内される。

炉の口は真っ赤に燃え盛り、高温に晒された鉄鉱石が白い光を放射してドロドロに溶けているのが奥に見えた。

それを炉から取り出すと、ドワーフたちが精錬し始めた。

「うわぁ〜！　すごいね！」

その光景にルトは感動している。

サンヴィレッジオにある炉に比べれば小さい方だが、それでも迫力があった。

それからドワーフたちが鋼を加工して、住民が使う金物や武具に加工していく過程を見せてもらった。

若いドワーフたちが作るものでも、かなり質が高く、一級品。買い求める人が後を絶たないそうだ。

鍛冶屋の見学を終えると、アガシードに礼を言ってアルミナの商店に行く。

こちらの商店も成長を遂げ、一階ではサンヴィレッジオで作られた色んな物が、二階はイヴィティニアの鍛冶屋で作られた武具がそれぞれ売られている。

アルミナの商店は、今やイヴィティニアで最も賑わう場所になっていた。

「いらっしゃいませナギ様、ルト様！」

弾んだ声のアルミナが俺たちを応対する。

繁盛していて、アルミナ自身満足しているようだ。

「すごいお客さんだね」

「はい！　お陰様で連日売り切れになる勢いです！　買い占めが起きないように数量限定、購入制限を設ける必要が出るくらいです！」

どれも大人気な商品のようだ。

大手の商会からも何度も取り引きを持ちかけられているという。

貴族からも注目されているという話も聞いて、商会の発展ぶりに俺も嬉しくなった。

アルミナのお店を見た後は、広場の露店を見てみたり、屋台でご飯を買ったりした。

家に帰り、一階の食事部屋で屋台で買った物を並べた。

それを食べながらルトとのんびり話す。

「ナギ様ー！」

ルミナの声が玄関から響いた。

ルトと一緒に玄関に行くと、鍋を持ったルミナが立っていた。

「家に明かりがついてたので夕ご飯を持ってきました！　そちらの方は？」

「ありがとうルミナ。今ちょうど夕飯を食べていたところなんだよ。それで、俺の隣にいるのはルト。前に話したでしょ？」

「あぁ！　貴方がルト様ですか！　はじめまして！　ナギ様から話は聞いてました！　ルミナと言います！」

「ルト、この子は俺が初めて出会った人間のルミナだよ。一緒にいるのは俺の最初の眷属のルーだよ」

「ル、ルトです！　よろしくお願いします！」

サンヴィレッジオ以外での挨拶に、ルトは少し緊張を覚えているようだった。

「ルミナも上がっていって。一緒に食べよう」

「はい！」

ルミナを招き入れ、俺は三人で一緒に夕飯を食べる。

最初は緊張していたルトも、次第にルミナと打ち解けていた。

夕食後はルミナも泊まっていくということで、客間に移動して夜遅くまで話した。

相性が良かったのか、二人はすっかり意気投合していた。

むしろ途中から俺をそっちのけで盛り上がっている二人を見て、俺は苦笑いした。

仲良くなったルトとルミナは、翌日には二人で遊びに行った。

俺は自分の家でのんびりと水を操り遊んでいた。

精巧に模した何体もの水の金魚が意思を持ったように空中をひらひらと泳ぎ回る。こうしているのも結構楽しいものだ。

次は水の狐を作ってみようかなんて考えた後、俺は大きな集団の気配がイヴィティニアに近付いて来るのを察知する。

精霊体になって天井を通り抜け、町の上空からその気配がある方を見下ろす。

王国側に続く街道に仰々しい行列が出来ているのが見えた。
行列の中央あたりには絢爛《けんらん》で大きな馬車。
その馬車からは、以前会った王太子のレルエーの気配もする。
『今度はなんだ？』
俺は首を傾げた。
町の人々は、まだこの集団には気がついていないようだ。
行列の先頭から騎士が一人先行してきて町に入る。
「国王陛下御出座《おでま》しー！　国王陛下御出座しー！」
騎士が大きな声で国王が来たことを喧伝《けんでん》すると、街にいた住民たちが騒然とする。
みんなが中央通りに並んで、国王が到着するのを待っていた。
『あれに乗ってるの国王なのか』
一行は門を通り抜けイヴィティニアに入り、中央通りを歩く。
中央通りの両脇に待機していた住民たちはその場で一斉に跪いた。
広場に馬車が停まる。
「長のネガスよ、前に出よ！」
一番強い気配を感じる四十歳くらいの騎士が大きな声で呼ぶ。
あの人が隊長だろうか？
「は、はい！」

極度に緊張し声を上ずらせて返事をすると、ネガスはその騎士の前に出た。

「国王陛下がお休みになられる。案内せよ」

「か、かしこまりました！」

ネガスはその指示に従って屋敷に案内する。

以前レルエーが来た後、また王族が来るかもしれないからとネガスがガエルードに頼んで建ててもらったものだった。

俺は精霊体のまま、屋敷に向かう。

高貴な人たちを迎えるに相応しい屋敷だった。

まずは騎士たちが屋敷の中に入り、怪しいものがないかなどを調べ、屋敷の周りの警戒を始める。

次に国王一行に随行する執事たちが屋敷に入り、準備を始めた。

そこまで終わってから、馬車から王太子と国王が降りて屋敷の中に入った。

赤に金糸の刺繍が入ったマントが目立つ王服を纏い、白銀の長い髪を後ろで縛った、レルエーと同じ青い瞳の国王が屋敷で一番良い部屋で寛いでいるのが見えた。

「レルエーよ、失敗は許されぬぞ」

部屋の中では、国王とレルエーが二人で話している。

「はい父上。必ずナギ様と縁を結べるように、ですよね！」

「うむ。この命を救っていただいた御礼もせねばならない。抜かりはないな？」

「もちろんです」

俺が精霊体のまま国王と王太子がいる部屋を俯瞰して見ていることに気づかない二人は、そんな会話をかわしていた。

俺を利用しようなどという邪な感情は特に感じられなかった。

それならば……

『エルウェスト王』

姿の見えない俺の呼びかけに、国王は驚き椅子から勢いよく立ち上がる。

「ッ⁉ だ、誰だ！」

王太子が国王を庇《かば》うように前に立ち、指輪から白銀の剣を出して辺りを警戒する。

「陛下、いかがなされましたか⁉」

部屋の前で警戒をしていた騎士四人が、中に入ってきた。

俺は空中で姿を現わして、ゆっくりと床に降りる。

「レルエー以外ははじめましてかな。俺は湖の大精霊はナギ。驚かせてすまない」

俺の突然の登場に、全員が呆気に取られる。

彼らにとってこんな登場の仕方は失礼極まりないだろうが、大精霊が人間の理《ことわり》を気にする必要もないだろう。

そう考えて、心の中で俺の意思がどんどん大精霊に寄っていっていることに驚いた。

「連合会議でお姿を拝見しました。シャウディーナ王国国王エルウェスト・ディン・シャウディーナと申します」

言われてみれば、あの連合会議の時に見かけたことがあるような……

「ナギ様、再びお目見えできて光栄です」

エルウェストとレルエーが深々と頭を下げた。

一瞬遅れて騎士も頭を下げる。

「よろしく。じゃあ座って話をしようか」

「はい」

俺がそう言うとエルウェストは頷き、騎士たちに部屋を出ていくように手で合図をする。

騎士が出ていくと、部屋に備え付けてあるソファに向かい合うように座った。

「ナギ様、まずはこの命を救っていただけましたこと、誠に感謝申し上げます。ナギ様の精霊薬が無ければ私の命はもう尽きていたことでしょう……私に出来ることがあれば何でも言ってください。可能な範囲で必ず応えてみせます」

あれは精霊薬でもなんでもない、俺の湖の水なんだけどな、と心の中で思った。

「これはほんの気持ちでございます」

レルエーが指輪から様々な宝飾品を取り出した。宝石の指輪やブレスレット、ネックレス、指輪、ティアラなど。魔導書や刀剣といった武器も出てきた。

「宝物庫にあったものですが、どうぞお納めください」

「じゃあ、ありがたくいただこうかな」

二人は表情に一切出さなかったが、心の中では安堵しているのを感じ取る。

無事に俺が受け取ってくれるか不安だったようだ。

といっても、目の前に出された宝に俺は特にこれといって興味は無い。

断る理由が見当たらなかったからとりあえずもらっておけばいいと考えたのが正直なところだ。

「それからこれをどうぞ。ダンジョンで見つけられた最上級のアイテムバッグです」

エルウェストは、ショルダーバッグタイプのアイテムバッグをテーブルに置く。

俺は自分の体内を経由して湖にいくらでも収納できるからなぁ……ルトかヘーリオあたりにあげようかな。

「ありがとう。使わせてもうよ」

レルエーが先ほど見せた宝をアイテムバッグに入れて俺に差し出した。

それを受け取ると、エルウェストがにこやかに聞いてくる。

「ナギ様は普段はどこにお住まいなのですか？」

「このイヴィティニアの向こうにある森林だよ」

「イヴィティニアの向こうの森林といいますと……ルナシア大森林ですか！　凶悪な魔獣が多く生息しているという……」

「凶悪な魔獣？」

あの森に凶悪な魔獣なんていたかかな？　強い気配は感じるけど、そんなに恐ろしいと感じたことはないけど。

「先祖から伝わる伝承で、巨大で恐ろしい魔獣を見たという内容があるのです。それに、過去に各国の精鋭が何度も挑戦して、ことごとく失敗して大きな犠牲を出してきたという話も聞きます。だから未開の地、不可侵の森とも呼ばれているのです」

「へぇ～」

国々に囲まれて、肥沃《ひよく》で豊富な資源があるあの森は、環境的にも魅力的だと思ったが……手付かずだった理由がようやく腑に落ちた。

「それなら今後も人間に晒される心配はないか」

「ナギ様が住み続けるのでしたら我が国は今後もルナシア大森林に手出ししないことを誓います」

「それはありがたいね。あの森には俺の大事な物があるんだ。もしそれを侵されたら本気で対処しないといけなくなる」

「だ、大精霊様の本気ですか……」

想像したのか、エルウェストとレルエーがぶるりと身震いする。

「で、ではこうしましょう！　我々はルナシア大森林一帯を大精霊ナギ様の領域と認め、不可侵とすることを正式に書面に残し、調印いたします！　それを以て宣言をすれば、我が国の者がルナシア大森林を不法に攻略しようということはなくなるはずです！」

「ふむ」

俺は腕を組んで考える。

そうしてくれればシャウディーナ王国方面は警戒しなくて済むし、助かる。

王国も、何も知らなかった者が不用意にルナシア大森林を攻略し、俺の怒りを買うことを未然に防げるだろう。

シャウディーナ王国がルナシア大森林を俺の領域と認めてくれれば、同国内ではルナシア大森林が大精霊のいる森と正式に認識されるのだ。

相手からしたら大精霊の俺と調印したという事実も大きいだろう。

竜人の里、エルフの国、獣人の国に次いで、人間にルナシア大森林を俺の領域だと認めさせるには手っ取り早いか……

それならこちらも利用させてもらおう。

「分かった。そうさせてもらうよ」

「おぉ！　ありがとうございます！　一度持ち帰りまして、改めて書面を用意してお伺いいたします！　その時はこの場所で調印式を行うということでよろしいでしょうか？」

「うん、いいよ。それじゃあ調印式でまた会うのを楽しみにしているよ」

俺は精霊体になって姿を隠して、空中に浮かび上がる。

「あ……行ってしまわれた……」

まだ部屋に入るのだが、姿を見せていないから二人とも俺が帰ったと勘違いしている。

エルウェストとレルエーはハァッと大きく息を吐き、緊張を解いてソファに深く背を預ける。

「父上、上手くいきましたね」

「あぁ……大精霊を前にすれば我は一国の王ではなくただの人間なのだと実感させられた……だがそれでいい。なんとしてもナギ様の信頼を得るのだ」

「はい！」

俺はその会話を見届けてから天井を通り抜けた。

家に帰る前に町の様子を見る。

国王がいるということで町全体が緊張に包まれているが、住民たちは平穏に過ごしていた。

家に帰って再び水遊びをしながらのんびりと過ごしていると、泥だらけになったルトとルミナが帰ってきた。

どうやらイヴィティニアの外を出て、ルトはルミナに遊びを教えてもらったみたいだ。

シャウディーナ王国の王が来ていることは二人とも知らなかったようで、すごく驚いていた。

水を操り二人の汚れを洗い流し、グーグーと腹をすかせている二人を連れてご飯を食べに行った。


それから月日が経ち、シャウディーナ国王は今度は宰相《さいしょう》を同行させてイヴィティニアを再び訪れた。

屋敷で俺に挨拶をして、厳《おごそ》かに調印式が行われ協定書の調印は滞りなく進んだ。

これを記念して屋敷ではパーティーが行われた。

サンヴィレッジオからは俺、ルト、アルミナ、ガエルード、フィリー、ガンド、シャナスが参加する。

イヴィティニアからはネガスとルミナが、シャウディーナ王国からはエルウェスト国王、レルエー王太子、宰相が参加した。

その後のイヴィティニアは、国王が訪れたこともあってどんどん有名になっていった。

人口はさらに増えて都市と言っても差し支えない規模になり、各国からも注目が集まった。

調印式から半年の間に、ルナシア大森林に国境を接する他の国も、シャウディーナ王国に追従するように俺と不可侵条約を結んだ。

サンヴィレッジオ内は、ダークエルフとラミアの人口が倍増した。

結界領域を少し大きくしたことで、住民たちの居住域が広がった。

ユウキや武藤が悪ノリで助言すると、それを聞いたガエルードたちが面白がって、本来ならこの世界にないようなものまで作り始めた。

俺の領域だからって好き勝手しているな……

その結果、インフラが整備され、サンヴィレッジオはこの世界に類を見ない発展を遂げた。

自動車や鉄道が出来た日には、もうほとんど日本の都市と変わらないだろう。

この異様な状況から竜人の里、エルフの国、獣人の国、ドワーフの国から視察や観光に訪れる人数がどんどん増え、俺の想像以上の賑わいを見せる。

ダンジョンの攻略も七割ほど完了し、フィリーたちが貴重な資源を多くもたらしてくれた。

ユウキの弟子の双子によって、ダンジョンの素材から様々な薬が作られ、これも村の発展に繋がったのだった。

消えた契約者

いつも通り、俺は湖に身を委ねてのんびり休んだ。

湖畔ではフィオとバラギウスがじゃれ合っている。

「ギャウ〜！」

「キュルウッ！」

その傍らでは金属が激しくぶつかり合う音が響く。

ルトとへーリオが互いの武器で真剣勝負と遜色ないレベルの模擬戦をしていた。

「ッ！」

へーリオの鋭い突きがルトの頬を掠めた。

次の瞬間、ルトはへーリオの懐に飛び込み目に追えないほどの剣速で細剣を振るう。

へーリオは地面を思いっきり蹴って後方に跳躍してルトから距離を取った。

「くらえ！」

ルトは細剣を空に突き上げると精霊魔法を発動し、剣先に鋭い礫が生まれへーリオに射出される。

「はぁっ！」

へーリオは槍で全ての礫を弾き、そのままルトに突進して華麗に連続の槍技を繰り出す。

ルトはその連撃を細い剣身で巧みに弾いていなす。

「はいそこまで～」

「「はぁ……はぁ……ありがとうございました」」

俺の声に従って、二人は手を止めて互いに礼をする。

二人は本当に強くなった。これなら人造ダンジョンに連れてって特訓するのもありだろうか……

二人ともダンジョンに行きたがっていたし。

「ん？　ヨナ……？」

そんなことを考えていたら、ヨナとの繋がりが突然絶たれた。

今までにない状況に酷く戸惑い、俺の心がざわつく。

こうなってしまってはヨナのもとに転移できない。

「どういうことだ？」

「ナギ様どうしたの？」

俺の様子がおかしいことに気がついたルトが、不思議そうに尋ねる。

「い、いや……」

心のざわつきを必死に抑えて考えていると、ユウキが俺のもとに転移してきた。

「ナギ……大変じゃ……アルニス聖教から今しがた報告があってな。大聖堂が襲撃を受けてしまった……」

大聖堂というのは、勇者たちがいるアルニス聖教の総本山だろうか。

もしかしてこのざわつきとも関係があるのか。

「ヨナに何があったんだ？」

「……」

無言でユウキが難しい顔をする。

俺の言葉にルトは驚き、目を見開いていた。

「申し訳ない……一緒に来てほしい……」

「ルト、へーリオ、今すぐサンヴィレッジオに帰って」

「ナギ様……お兄ちゃん大丈夫だよね……？」

不安そうに眼にいっぱいの涙を溜めて聞くルト。

俺はその頭に手を置く。

「大丈夫だ。ヨナの無事を確認してくるよ」

「うん……」

不安に押しつぶされそうになりながらもルトが頷く。

へーリオはルトの手を引っ張って、サンヴィレッジオに帰っていった。

それにフィオとバラギウスが付いていく。

「スイコ、スイキ、ミヤ、ミオ」

『『『『はい、お父様』』』』

四体の眷属精霊が俺の目の前に現れた。

「サンヴィレッジオと、この森全体の警戒をお願い。怪しい存在を見つけたら問答無用で追い出せ」

『かしこまりました』

スイコが答えると、四体ともフッと消える。

「それじゃあ、お願い」

「うむ……」

ユウキが転移魔法を発動すると景色が一変した。

目の前に現れたのは、一面真っ白の壮大な建物。

だけど襲撃のせいか、ところどころ破壊されて崩れかかったり、煙が上がったりしている。

早速精霊力を拡散してヨナを探してみるが、全く気配を感じない。

「お待ちしておりました……お初にお目にかかります、大精霊ナギ様」

建物の大扉から純白の法衣、教皇冠を被り細く長い杖を携えた年老いた男が現れて頭を下げる。

「貴方は？」

「アスティラント神聖国アルニス聖教の教皇をしております、サヴィオニールと申します。ナギ様、ユウキ殿、どうぞこちらへ」

教皇に案内されるまま建物の中へ入る。

激しい戦いのせいか、あちこち大荒れだった。

長い廊下の奥へ進みながら教皇が謝った。

「このような状態でお迎えすること、大変申し訳ございません」

「それはどうでもいい。ヨナはどこ？」

俺の問いかけに前を歩いていたサヴィオニールが足を止めた。

隣を歩いているユウキが、俺に対して緊張しているのを感知する。

「……水の勇者ヨナ様は……さらわれました……」

サヴィオニールが重々しく口を開いた。

俺はため息を吐く。

やっぱりヨナを感知できなくなったのは、それが原因か。

「……捜索は行っているんでしょう？」

「も、もちろんです！　このセントニア・アルニス大聖堂に常在する聖騎士を全て動員して、捜索を進めております！」

「それなら良い知らせを期待してるよ。俺が今すぐに見つけ出せたらいいんだけど、おかしなことに繋がりが断たれて、ヨナの気配をまったく感じることが出来ないんだ」

今までにない事態に不安は募るばかりだ。

ひとまず事件発生時の詳しい話を聞かせてもらうことになり、俺たちは教皇の部屋へ向かう。

廊下の向こうから白い燕尾服《えんびふく》に似た服を着た黒髪黒目の男が近づいてくる。

俺はその気配に嫌なものを感じてすぐさま呼び止めた。

「待って、君は何者？」

「お初にお目にかかります、大精霊ナギ様。私、上級特殊執行官を努めております、ヴァンヘイドと申します」

男が優雅に頭を下げるが、今はそれどころではない。

「君、人間じゃないよね？」

「おや、お気づきになられました。流石は大精霊様。お察しの通り私は人間では御座いません。ヴァンパイアです」

その言葉を聞き、俺は一瞬で男を水で拘束した。

だが次の瞬間、拘束されたはずのヴァンヘイドが無数のコウモリになってその水から抜け出した。

「お、おやめください、ナギ様！」

慌ててサヴィオニールが止めに入った。

「何故止める。ヴァンパイアは魔族だろう？　今回の襲撃とヨナの誘拐に関わってるんじゃないか？」

俺は精霊力を高める。

どんどんと高まる精霊力に呼応して、俺の体が透き通っていく。

「待つのじゃ、ナギ！　冷静になるのじゃ！」

ユウキが結界魔法を何重にもかけて俺を閉じ込めた後、ヴァンヘイドが説明を始めた。

「我が一族は二千年前に魔族側と袂《たもと》を分かちました。魔族の裏切り者となった我々は生きるためにこうして人間と共存しております。人間に危害を加えようなど考えたこともありません。どうかお力を収めください、ナギ様」

ヴァンヘイドが深く頭を下げる。

確かにそのヴァンパイアからは一切の害意を感じない。魂は清廉《せいれん》で穢《けが》れを感じないし、言葉も偽りじゃないとわかった。

魔族というだけで怪しいと認識したことを反省する。

「はぁ……ごめん。気が立ってたみたいだ」

素直に謝罪して頭を下げる。

ユウキは結界魔法を解除して、サヴィオニールとともに心底ホッとした様子だ。

「でもヴァンパイアがいたのは驚いたよ」

「彼らは長い間、アルニス聖教に尽くしてくれました。当時から魔族の監視を任せるかたわら、強大な力を有する聖教の守護者、聖騎士を律する執行官に任命してます」

「なるほどね」

そうこう話しているうちに、目的の部屋に到着した。

中はかなり広いが質素で、シンプルな机と椅子、ソファとテーブルがあるのみだ。

「どうぞお掛けになってください」

「うん」

ソファにゆったりと腰掛けると、教皇とユウキは俺の向かいに座った。

教皇に使える侍者の少年がお茶をテーブルに置いて、部屋を出ていく。

「じゃあ聞こうか」

「かしこまりました……」

サヴィオニールから事件当時の詳しい状況が語られた。

事件が発生したのは今日の日の出前。

大聖堂で突如爆発音が数回起こったそうだ。

聖騎士が事件の対応に当たり、被害等の調査を行って、潜んでいた襲撃犯と交戦していたら、再び大きな爆発音が鳴った。

爆発が起きたのは勇者たちが寝食をともにする館で、各々の力で襲撃犯を撃退したようだが、その時既にヨナは誘拐されて姿は無かったということだった。

「大聖堂で起きた爆発は陽動で、そこに聖騎士を集めさせることが目的。本当のねらいは、勇者を攻撃、誘拐することだったかもね」

「わしもそう考えておる。まさかこんな事件が起きるとは想像していなかった……」

俺の予想に、ユウキが同意する。

「で、その襲撃犯は？」

「捕えた者は全員毒を服用してその場で即死したため、情報は引き出せませんでした。死亡した襲撃犯の素性は現在調査中ですが、徹底的に情報の隠蔽が図られていて難航しております……」

サヴィオニールが苦々しい顔で答えた。

「他の勇者たちの怪我とかは無事なの？」

「大した怪我はされてませんでしたが、万が一を考えて最高位の治癒と解毒、解呪魔法を施しました」

侵入経路なども調査しているが、全く掴めていないという。

まさに八方塞がりだ。

ヨナのことを考えて、俺は不安になった。

襲撃犯は相当計画を練っていたようだ。

「……とりあえず勇者たちが寝食をともにしていた館を見させてほしい」

「かしこまりました。ご案内いたします」

俺たちは教皇公室を出て館に向かう。

館は聖騎士が厳重に警備していて、現場は襲撃当時のままだった。

「こちらがヨナ様の居室になります」

二階に案内されたそこは、壁に大きな穴が空いていて激しく闘った形跡はないように見えた。

ヨナが敵を相手に警戒しないことがあるのだろうか……？

「本当にここがヨナの部屋？」

「はい」

ユウキとサヴィオニールをドアの前に残して、俺は空中に浮かび上がって部屋の中に入る。

爆発の影響で物が散乱しているようだった。

「怪我をした様子は無しか」

血痕は見当たらなかったから、爆発の影響はそれほど受けていなかったのだろう。

「精霊剣は無かった？」

ドアの前で様子をうかがう二人に聞く。

「はい。館全体を隅々まで捜査しましたが、発見されなかったと報告を受けてます」

考えられるのは、襲撃犯が精霊剣を奪っていったか、今もヨナが持っているかだ。

他の勇者の部屋を続けて確認したが、ヨナの部屋とは違って、激しく闘った形跡や血痕があった。

最初にヨナの部屋を爆発し何らかの方法でヨナを誘拐、その後は他の勇者を襲撃したというところだろうか。

再びヨナの部屋に戻り何か手がかりがないか探す。

「……」

部屋の中を調査すること数分。

何かが引っ掛かる感覚がするが、それが何なのか全くわからない。

「ヨナは他の勇者に比べて実力はどう？」

「ヨナ様は最年少ではありますが実力は一番です。努力を怠らず文武両道で才能が溢れております。我が国最強の聖騎士の序列五位に匹敵するお力です」

「なるほどね。そんなヨナがなんの反撃も出来ずに誘拐されるのが腑に落ちないんだよね。その五位の人の実力が知りたい。呼んでもらえる？」

「ただちにお呼びいたします」

教皇が警戒にあたる聖騎士に指示を出すと、その序列五位という聖騎士がすぐに駆けつけた。

「お呼びでしょうか」

白銀の鎧を着て、純白のマントを靡《なび》かせた二十代半ばくらいの男が跪く。

俺は跪くその聖騎士の男に水弾を放った。

「ッ！」

聖騎士は一瞬で抜剣して、俺の水弾を防いだ。

「いきなりごめんね。俺は湖の大精霊をやっているナギ。君の名前は？」

「お初にお目にかかります！　マイスと申します！」

「よろしくマイス。君に聞きたいんだけど、明け方ベッドに寝ていて突如部屋を爆発されたら咄嗟に対処出来る？」

「はい！　いついかなる時でも対応できます。すぐに動けるように訓練しておりますので」

「わかった。ありがとう」

ヨナが彼の実力に匹敵するなら、事件発生時も対処できていたのではないかと考える。

それでも闘った形跡もなく誘拐されたのなら、襲撃犯はヨナをこの場から一瞬にして連れ去ることが出来る相当な手練《てだれ》ということだ。

「他の勇者たちは今どこに？」

「四人の勇者は大聖堂の天の間に居ます。筆頭聖騎士が彼らを護衛しております」

「その勇者たちからも話を聞きたいから案内して」

「承知いたしました。こちらです」

館を出て大聖堂に戻る間に、他の勇者について聞いた。

「その四人はどんな勇者なの？」

「火の勇者、豊穣《ほうじょう》の勇者、錬金術の勇者、天候の勇者の四名です。火の勇者は人間の男で、歳はヨナ様の一つ上です。豊穣の勇者はエルフの少女です。錬金術の勇者は小人族の男、天候の勇者は人間の女です」

「へぇ、面白そうな勇者たちだね」

火や錬金術は想像しやすいが、豊穣や天候なんてのはかなり凄いんじゃないだろうか。特に天候なんて桁外れな力だ。

話を聞いているうちに俺たちは天の間に到着した。

天の間の扉の前。

この扉の向こうから異質な気配を四つ、英雄に匹敵するかそれ以上の強者の気配を感じた。

「ナギ様、どうぞ中へ」

サヴィオニールが扉を開けて中に誘導する。

天の間に入る俺たちに勇者のみんなが注目した。

警戒体制の性騎士たちが、その場で膝を突く。

「皆、この方は大精霊ナギ様です。粗相《そそう》のないようにお願いします」

サヴィオニールが俺を紹介する。

「よろしく。聞いているかもしれないけれど、誘拐されたヨナは俺の契約者だ。君たちから詳しい話を聞きたいんだ」

話しながら勇者一人一人の顔を見ると、気になる気配を感じ取った。

もしかしたらヨナに関係あるかもと思い、早速確認する。

「……けど、その前に君」

燃え盛る真っ赤な髪を、ツーブロックにして逆立てている少年を指さす。

俺に指をさされた少年は一瞬ビクッとした。

「火の勇者のレニアールじゃな。彼がどうしたんじゃ？」

俺の挙動を疑問に思ったユウキが首を傾げる。

「頭の辺りに瘴気のような何かで霞《もや》がかかってる。精神支配か洗脳されているんじゃないかな」

「!?」

俺の言葉に一同が驚き、レニアールを注目する。

「お、俺が洗脳……？　なにかの間違いじゃないですか？」

「襲撃事件が起きた時、君は何をしてたの？」

「大聖堂の方で急に爆発音が聞こえたので……何が起きたのか様子を見に行こうと思ってました」

「大聖堂の方に行った？」

「行こうと思ったのですが、下手に動くのは危ないと思って自分の部屋にいました。そしたら館で爆発が起きて……何事かと思って部屋を出たら、ヨナの部屋から誰かが出てきて、俺が襲われたので応戦しました」

しかし、俺は彼が嘘を言っているのを感知した。

「その時ヨナが連れ去られるのは見た？」

「見てないです」

これも嘘だ。

「もう一度聞くよ。ヨナが連れ去られたのを目撃してない？」

「……はい」

いくつかの嘘が読み取れた。俺の中でレニアールを疑う気持ちが強くなる。

「精霊には嘘は通用しない。正直に答えたほうが良いよ。もう一度聞くけど、ヨナが連れ去られたのは見ていないんだね？」

レニアールは表情を歪ませて焦りを見せた。

奥歯を強く噛み鳴らすと猛火を発生させて部屋から逃げようとする。

俺はすぐに炎を水の膜で包み込み、レニアールを水で拘束する。

「離せー！」

レニアールは俺の水から抜け出そうと必死に暴れ始めた。

「最初はお主が何を言っているのか信じられなかったが、どうやら間違いなさそうじゃな」

ユウキがレニアールの前に立って額に手を当てると、レニアールはすぐに意識を失った。

「!?」

記憶を読み取ったのであろうユウキが驚いて目を見開く。

「レニアールはナギの言う通り洗脳されてみたいじゃな……そしてヨナを誘拐、いや封印したのはレニアールのようじゃ」

「そんな……」

サヴィオニールは絶望して真っ青になる。

勇者が事件に関わっていたなんて考えていなかった様子だ。

大きくショックを受けるのも無理はない。

ヨナが封印されているのは分かった。

レニアールを洗脳した人物を探さないといけないが、まずはその封印を解いてヨナを助けるのが先だ。

「ユウキ、ヨナはどこに封印されているのか分かった？」

「うむ。だが厄介な封印だな。武藤の力を借りたほうがいい。すぐに連れてくる」

ユウキはそう言い残して、その場から消えた。

「サヴィオニール聖下、お気を確かに。指示をください」

呆然とするサヴィオニールに、筆頭聖騎士が凛とした声で話しかける。

「あ、あぁ……火の勇者レニアールをウィンダイド幽獄《ゆうごく》の最下層に幽閉するように……余計な混乱を避けるため、全員この場で見聞きしたことは誰にも言ってはならぬ。ナギ様、ご協力お願いします」

深々と頭を下げるサヴィオニール。

「分かった」

レニアールが赤い鎖で拘束されて、筆頭聖騎士によって連れていかれた。

「ひとまずユウキが戻って来るまで待つしかないか」

「あ、あの！」

ホワイトベージュ色のロングヘアーを編込みにした可愛らしいエルフの少女が、緊張した面持ちで俺に話しかける。

「わ、私はミネリスと申します！　大精霊ナギ様にご挨拶申し上げます！」

バッと頭を下げるミネリス。

「君は……豊饒の勇者だよね？」

「はい！」

「ナギ様ぁ〜、オラはキネア。よろしくだぁ〜」

明るいモノトーンのショートヘアの小人が間延びした声で喋る。

人懐っこい笑顔が可愛らしい。

「君が錬金術の勇者だよね。それで君が……」

「お初にお目にかかります、大精霊様。天候の勇者をしておりますマーシアル・シグネと申します。どうぞお見知りおきください」

シフォンブラウン色のプリンセスヘアをした女性が優雅に頭を下げる。

「天候の勇者ってすごいね。天気を操れるんだよね？」

「そうだと思いますが、わたくしの力不足でまだ天気を操れないのです……」

残念そうにするマーシアル。

魔力はこの場にいる誰よりも圧倒的に多いから、天候を操る力を扱えるようになれば相当強くなるに違いない。

「錬金術と豊饒はどんな力があるの？」

「私は樹魔法《きまほう》が覚醒して創生樹魔法《そうせいきまほう》になりました！　こうやって自在に植物を生み出して操ることが出来るんです！」

ミネリスの手のひらから植物が生え、うねうねと動く。

樹魔法が既に生えている草木を操るのに対して、創生樹魔法は草木を生み出して操るらしい。さらに作物を多く実らせることも出来るという。

ぶどうの木からりんごを実らせたりと、本当にやろうとすれば何でも出来る破格の力だ。

莫大な魔力を消費すれば思い通りの新種を作り出せるという。

「オラぁ、魔法薬や魔道具を作るだぁ〜。こんなのを作っただぁ〜」

キネアは腰にぶら下げた袋から、透明な玉を取り出した。

俺はその透明な玉を覗き込む。

「これは？」

ぱっと見で、途轍もない魔力を秘めているのが分かった。

「ゴーレムオーブだぁ～。どんな素材でも人造人形に出来るんだ～」

「へぇ、これは面白いね。ゴーレムは本来、泥や岩でしか作れないはずなんだけど、それ以外で作れるの？」

「それは古代の術式の改良しかしてこなかったからだぁ～。オラのは一から術式を組んで作り上げた完全に新しいゴーレムだから、どんなものでもいいんだぁ～」

キネアは簡単に言っているが、術式はそんな単純なものなはずがない。

新たな術式を作るなんてのは長い年月研究してきて、やっと出来るものだ。

彼は稀代の天才なのだろう。

今後も新たな術式を編み出し、いずれは賢者に名を連ねるものになるかもしれない。

勇者たちと話していると、ユウキが武藤を連れて戻ってきた。

「すまん、待たせたのじゃ」

「よぉ、ナギ！」

手を上げて俺に挨拶をした後、武藤が俺の周りにいる子どもたちを一瞥した。

「ん？　こいつらは？」

「加護を授かった勇者たちだよ」

「へぇ～こいつらが」

武藤は彼らを見るが、あまり興味がないようで、すぐに俺に近づいてくる。

「それよりヨナが封印されたんだって？　すぐに助けてやるからな！」

「ありがとう」

「封印されている場所はレニアールの記憶を見て分かっておる。こっちじゃ」

勇者たちはそのまま天の間に待機するようにというサヴィオニールの指示に従った。

俺たち三人は、ナギが封印されているという場所に急ぐ。

そこは……勇者たちが寝食をともにしていた館だった。

……まさか。

館の中に入り、先頭を歩くユウキの後を付いていく。

たどり着いたのはヨナの部屋だった。

「ここじゃ。ヨナはここに居る」

さっきこの部屋を見ていたとき何かが引っ掛かる感覚はしたんだ。

まさか封印されているとは思わなかったけれど。

「レニアールは、ここでナギを亜空間に封印したようじゃ」

「どうやったら封印を解くことが出来る？」

「力技でヨナがいる亜空間との境界をこじ開けるしかない。わしが隙間を作るから、そこをナギと武藤の力でこじ開けるのじゃ」

「わかった」

「おう！　任せろ！」

ユウキが両手を広げると凄まじい魔力が放出され、部屋いっぱいに魔法陣が現れる。

魔力が嵐のように吹き荒れる。

空間に静電気のような黒い何かがバチリと迸《ほとばし》った。

それは次第に大きくなり、小さな黒いヒビが生まれる。そのヒビの向こうは真っ暗な空間だ。

「！」

ヨナとの繋がりを弱くだけど感じた。

「この穴の向こうにヨナはいるんだ……」

俺はそう確信した。

「ナギ、武藤、今じゃ！」

額から汗を流し大声で言うユウキ。

武藤は両腕を竜の形態にして空間に空いた穴に突っ込む。

俺は精霊力を全開にして右手を前に翳す。複数の水の腕が空間の穴の端を掴んだ。

俺と武藤が本気の力で空間の穴をこじ開けていく。

「くっ！」

「うおおおおおお！」

空間のヒビが少しずつ広がり、ガラスが割れていくように欠けていった。

穴が徐々に大きくなる。

「開けええええええ！」

バキバキと大きな音を立てて空間に大きな穴が開くと、奥にヨナの姿が見えた。

ヨナは亜空間から抜け出そうと必死に足掻いたのだろう、ほぼ力を使い果たして今にも倒れそうな様子だ。

「ヨナ！」

「ナギ様……」

操る水でヨナを優しく包み引き寄せる。

俺はヨナを亜空間から助け出すと、抱きかかえた。

「良かった……」

無事に助け出せたことに安堵し、ヨナを強く抱きしめる。

ヨナも弱々しく俺に抱きついたが、すぐにフッと力が抜ける。

気絶しても右手に握る精霊剣は放さなかった。

開いた空間の穴はユウキが魔法で修復した。

「二人とも本当にありがとう」

「うむ、ヨナが無事で何よりじゃ」

「俺たちの仲だろ。礼には及ばないぞ！　それよりヨナを休ませてあげよう」

「うん」

俺はヨナを抱っこしながら皆で館を出る。

館の前には聖騎士や天の間で待機していたはずの勇者たちが集まっていた。

すさまじい魔力を感じて来たのだろう。

俺の腕の中で眠るヨナを確認して歓声が上がる。

彼らが見守る中、俺たちは大聖堂に向かった。

貴賓室に連れていき、ヨナをベッドに寝かせる。

俺はベッドのかたわらに椅子を置いて座った。

ユウキと武藤とサヴィオニールが近くのソファに腰を下ろす。

「ヨナを助け出すことは出来たが、問題はまだ解決しておらぬ。レニアールを洗脳した者と襲撃犯の正体を探しださねばならん」

「はい。火の勇者の処遇も考えなければなりません。洗脳されていたと言っても事が事ですから……」

「まずは洗脳を解かねばならぬじゃろう。ナギよ、頼んでいいか？」

「分かった」

「俺は少し休んだら帰るぞ」

「今回は本当にありがとう」

「おう！　頑張れよ～」

ひらひらと手を振る武藤。

武藤を部屋に残して、俺たちは大聖堂近くの塔へ向かう。

そこは犯罪を犯した聖職者を幽閉する、ウィンダイド幽獄と呼ばれている場所だった。

螺旋《らせん》の階段を下りて地下最下層に到着すると、最奥の牢獄の中に鎖に繋がれた火の勇者レニアールが見えた。

ユウキに眠らされたままで、まだ意識は戻っていない。

看守に牢獄の鉄格子を開けてもらって俺たちは中に入る。

ユウキは魔法でレニアールを浮かせると、再び額に手を当てた。

しばらくしてレニアールの額から手を放すと、ユウキは彼の身体をそっと床に寝かせる。

「……レニアールを洗脳した者は分かった。こやつはナギの才能に心を乱されたようじゃな。そこに付け込まれて洗脳を受けてしまったようだ」

「最初の頃はナギ様と一番仲良かったと報告で聞いていました。それがいつしか競い合いようになり、対抗心を見せるようになったとも……まずは本人から話を聞いてみましょう」

「そうじゃな。ナギ、頼む」

サヴィオニールとユウキがそう促す。

「分かった」

指先から雫を垂らしレニアールの口に含ませる。

「ん……ここは……」

起き上がろうとして自分が拘束されていることに気が付くレニアール。

最初は混乱していたが、すぐに俺たちの存在に気がついた。

「教皇様⁉　これはいったい⁉」

「落ち着きなさい」

「そ、そうだ……俺は……俺は……なんてことをしたんだ！　ヨナは！　そんな……俺はなんてことを……うあああああああ！」

正気に戻り、自責《じせき》の念に駆られたのか、レニアールが床に勢いよく頭を打った。

額から血を流れる。

このままでは死にかねない。

俺は水で動けないようにして雫を再び飲ませて傷を癒やした後、ユウキに再度レニアールの意識を奪うようお願いした。

「本来は心優しい気質だったのじゃろうな。突然神から加護を賜って勇者となり、重責を背負い焦りを感じていたのだろう。そして付け狙われて操られたのじゃ。事件は事件だが少し多目に見てやってもいいと思うんじゃが……」

「そうですね……まだ事件の全貌は公にはなっておりませんし、我々の方でレニアール様の関与を揉み消すことは可能でしょう。ひとまず様子を見ましょう」

ユウキの言葉に、サヴィオニールが頷く。

「もしヨナを失っていたら、俺は暴走したと思う。だけど無事に取り戻せた。俺はそれだけでいい。レニアールの件に関して、俺から口出しするつもりはない」

「分かりました。とりあえず上に戻りましょう。レニアール様も逃亡するなんてことは考えられないと思いますし、連れていきましょう」

俺の意見を聞いた後、サヴィオニールが話をまとめた。

鎖を解き、ユウキがレニアールを魔法で透明化させてから浮かせた。

未だ犯人の手がかりを探す聖騎士たちの横を通り過ぎて大聖堂に戻り、レニアールを別の部屋のベッドに寝かせる。

ユウキがレニアールの見張り役を引き受けてくれる。

サヴィオニールはユウキから聞いた洗脳の犯人を捕まえるために聖騎士団に指示を出す。

俺はヨナの眠る部屋に行って目が覚めるのを待った。

勇者を匿うことになりました

その日の夜に、俺の横のベッドで眠っていたヨナが目を覚ました。

「ここは……」

「目が覚めた？」

「ナギ様……ナギ様！」

ヨナは俺に抱きつく。

封印されている間、相当不安だったんだろう。わんわん泣き出すヨナの頭を撫でてあげる。

しばらくして落ち着いた。

「ヨナ、何があったか聞いていい？」

「はい……爆発音がして目が覚め、起き上がって辺りを見たらレニアールが部屋に入ってきたんです。何が起きたのか聞こうと思って、声をかけたのですが返事はなく、異様な雰囲気でした。すぐに精霊剣を手にしたら、レニアールも何か道具を使って……その次の瞬間には黒い空間に呑み込まれて閉じ込められていました」

「ヨナ自身は爆発は受けてないんだね？」

「え？　はい。どうしてですか？」

「ヨナの部屋が爆発されてたから、てっきり襲撃犯がヨナを襲撃して誘拐したと勘違いが起きたんだよ」

ということは、大聖堂での爆発は聖騎士を誘き寄せると同時に、レニアールにヨナを封印させる合図だったのだろう。

その後のことはレニアールの記憶を見たユウキから話を聞こうと考えた。

ヨナがおそるおそる尋ねる。

「あの……それでレニアールは……？」

「彼は洗脳を受けてたんだよ。凶悪犯に操られてヨナを封印したみたいだ。洗脳を解いたら酷く錯乱してね。今はユウキが眠らせて見張ってるよ」

「だ、大丈夫なんですか!?」

レニアールのことを本心で心配するヨナ。

俺はそんな彼の優しさに心が暖かくなり、つい頭を撫でてしまう。

「ユウキが付いてるからきっと大丈夫だよ。でも落ち着くまでに時間かかるかもね。ヨナにしてしまったことを酷く後悔してたよ」

「……」

俺の話を聞いて俯くヨナ。

「ナギ様……レニアールと話がしたいです」

「分かった。じゃあ一緒に行こうか」

「はい！」

二人で部屋を出る。

「いかがなさいました？」

部屋の前で警戒を行っていた聖騎士が俺たちに尋ねる。

「ユウキのところに行くところだよ」

「かしこまりました。お供いたします」

ヨナと聖騎士を連れてユウキの所に行く。ユウキとレニアールがいる部屋に到着すると、聖騎士は部屋の前で待機して俺とヨナは中に入る。

「おぉナギ、どうしたんじゃ？」

「ヨナがレニアールと話したいってことだから連れてきたよ」

「そうだな。その方がいいだろう。今起こすからちと待ってほしい」

ユウキはベッドに寝かされたレニアールの額に手を置き、彼を眠らせている魔法を解除する。

「……」

スッと目を覚ますレニアール。

ヨナは心配そうに見つめる。

レニアールは少し顔動かし視界に俺たちを捉える。

そしてヨナに気がついて目を見開き、ガバっと起き上がった。

「ヨ、ヨナ！」

「うん。僕だよ」

「……ご、ごめん……俺は……お前を……」

ぼたぼたと大粒の涙を流すレニアール。

痛いほどに罪悪感に押し潰されそうになっている感情を感じる。

「ナギ様から聞いたよ。洗脳されてたんでしょ？　それなら僕は君を許すよ。だからそんな辛そうな顔しないで」

「ッ！　ほ……本当にごめん……ごめんなさい……ぅぁあああ……」

優しく微笑むヨナの姿を見て、止めどなく涙が溢れるレニアール。

「俺は……お前に嫉妬してたんだ……才能もあって一番強くて……」

わだかまりを埋めるように二人は話す。ヨナはレニアールの胸の内を聞けて嬉しそうだ。

「もし許されるなら……俺はお前のために……」

「なに？」

「い、いや……なんでもない」

ヨナやユウキには聞こえなかったようだが、レニアールがヨナに命を預けると確かに呟いていたのを俺は耳にした。

それは彼の偽りのない本心だ。俺はその心を信じようと思った。

二人はベッドの上で話しているから、俺とユウキはソファーに座って話す。

「レニアールを洗脳した者は捕らえてある。そやつはレニアールの身の周りの世話をする小間使いで、その者の記憶を探ってみたところ驚きのことが分かった」

ヨナとレニアールに聞こえないように話すユウキ。

「その小間使いは魔族を信奉する邪教が送り込んだ刺客《しかく》だ。他にも工作員として潜り込んでいる者がいて、それが誰なのか小間使いに強制的に自白させて割り出した。全員まとめて捕らえておる」

「邪教の刺客ねぇ……上手く潜り込んだものだね。大聖堂の爆発事件もそいつらの仕業《しわざ》なの？」

俺の質問を聞いたユウキが詳細を話し出す。

「執行官の拷問《ごうもん》を受けたやつがそうだと断言しておった。サヴィオニールは頭を抱えていたよ。どうやら勇者の切り崩し作戦を行っていたようでの。まずはヨナが狙われ封印された。次に狙われたのはレニアールじゃった。レニアールがヨナ封印の容疑者になるように情報を流し、追い詰められて自殺したと見せかけて暗殺する狙いだったようじゃ」

「そこに俺が現れ、計画は多少狂ったけど一時は監獄に捕らえられたって訳か」

「奴らが想定外なのはヨナが封印から助けられたことと、レニアールの洗脳が解けたことじゃな。

そしてわしが記憶を読めることを知らなかったのも一つの誤算《ごさん》じゃろう」

「なるほどね。他に分かったことは何かある？」

「邪教のアジトが判明した。明日にでも聖国軍を派遣して制圧を開始するじゃろう。その制圧にわしらも加わってほしいと要請があったんだがどうする？」

そう問いかけながらも、ユウキは俺に期待するような視線を送ってくる。

俺はユウキに問いかけた。

「う～ん、ユウキは行くの？」

「うむ。勇者を直接狙ってくる奴らじゃ。何が起きるか分からんから向かうことにした」

「それじゃあ俺も行こうかなぁ～」

「お主が居てくれたら心強いのう」

ユウキと俺が話を続けていると、ヨナが不思議そうに俺を見た。

「ナギ様たち、何話してるの？」

「なに、大したことではない。もう夜も遅い。今日は色々あった。皆そろそろ休もう」

ユウキが話を誤魔化す。

「そうだね。ヨナもあんなことが起きたばっかりだ、休もう。明日またゆっくり話せばいい」

「はいナギ様！　レニアール、また明日ね！」

「あ、あぁ……また明日」

俺とヨナは部屋を出て、待機していた聖騎士とともに元いた部屋に戻る。

それからヨナが眠くなるまでルトやサンヴィレッジオについて話した。

ヨナはルトのことを聞いて一喜一憂し、サンヴィレッジオの出来事を楽しそうに聞いてくれた。

次の日、レニアールは別室待機させたまま、ヨナには勇者たちと合流させて事情を説明してもらった。

ヨナが無事だったことに勇者たちは一様にホッとしていた。事情を聞いた三人は、ヨナがレニアールと既に話し合い受け入れているということもあり、彼に対して理解を示す。

疑心暗鬼になったり、仲違いすることはないだろうと考えられる。

「ナギ様、お時間よろしいでしょうか」

聖騎士の男が俺のところに来て聞いてくる。

「なにかな？」

「教皇聖下がナギ様をお呼びです。ご同行お願いいたします」

「分かった。ヨナ、ちょっと行ってくるよ。あまり無茶なことはしないようにね」

「はいナギ様！　行ってらっしゃい！」

ヨナたちと別れて聖騎士に案内され教皇公室に向かった。

教皇の部屋に入ると、サヴィオニールはもちろんのこと、ユウキとは別に貫禄《かんろく》のある男がいた。

「お待ちしておりました、ナギ様！　どうぞこちらへお掛けください！」

サヴィオニールに言われたとおりにソファーに座る。

「ナギ様にご紹介いたします。この男は今回の邪教徒アジトの制圧部隊を指揮しますヘニタル卿《きょう》です」

「お初にお目にかかります。アスティラント神聖国で陸軍大佐を務めておりますヘニタル・ルイグランデと申します」

「湖の大精霊ナギです。よろしく」

俺はヘニタルと名乗る男と握手を交わした。

「早速邪教徒アジトの制圧作戦のお話をさせていただきます。アジトは聖都の南西方向から馬の足で約三日のところにある山間部の奥にある洞窟《どうくつ》だと判明しました。捕らえた刺客たちから引き出した情報から、大規模なアジトだと考えられます。ヘニタル卿率いる連隊とともに邪教制圧に御協力お願いいたします」

説明を終えると、サヴィオニールが深く頭を下げる。

「分かった、いいよ。ところで、刺客の処遇はどうしたの？」

「はい。その者らにつきましては、情報を引き出したあと速やかに処刑いたしました」

事が事だけに審問にかけず即断したようだ。

話も終わり、俺たちは早速出発した。

サヴィオニールは、事件の後処理のために大聖堂に残った。

連隊と合流して聖都を出発する。

俺とユウキは一緒の馬車に、ヘニタルは指揮官用の馬車に乗り込んだ。

三日ほど経って、山間部の麓《ふもと》の村に到着した。

突然部隊が現れたことに村人たちは驚いていたが、山間部での訓練と誤魔化して、山の手前で陣営を構築する。

俺とユウキは指揮官用の天幕に案内された。

「これから部隊を投入してアジトの制圧します。我々の動きを悟られないように、ユウキ様には部隊の不可視化をお願いします」

「うむ。承知した」

「俺はどうしたらいい？」

「ナギ様には臨機応変に遊撃や防衛を担当いただけたらありがたいです」

「分かった。じゃあそうさせてもらうよ」

全員で天幕を出ると、総勢六百人の兵士が整然と整列している。

「これより作戦を開始する！　総員速やかに任務を遂行するように！　今から賢者アガツマ様に我々を不可視化する魔法をかけていただく！　ではお願いします」

「うむ」

ユウキが前に出て大杖を掲げると、連隊全体を包み込む神秘的な魔法陣が展開される。

魔法陣の中にいる人間全員の姿が薄く透けた。

「今、この場にいる者同士以外は我々の姿を視認することは出来ない！　だが慢心《まんしん》するな！　敵は何をしてくるか分からない！　常に想定外が起きることを考慮して警戒を怠るな！　進めー！」

ヘニタルの号令とともに各部隊山の中に入る。俺たちもそれに続いた。

三時間ほど道なき道を進むと、俺たちの目の前にフッと先行部隊の兵士が現れて跪く。

「ご報告します。アジトと思わしき洞窟の入り口を発見しました」

「了解。第三中隊はアジト前で待機。周囲を警戒するように。これよりアジトの制圧を開始する」

八十人の第三中隊を待機させて、残りの全員でアジトの中に侵入する。

俺とユウキもアジトの中に足を踏み入れた。

中に入った俺はすぐに違和感を覚えた。

「おかしい」

「どうしたんじゃ？」

「いや、人の気配を感じない」

「……ふむ」

ユウキは目を細めて自分の長い髭を撫でる。

すぐに俺の違和感は確信へと変わる。

確かにここは邪教徒のアジトだったのだろう。

だが、このアジトはもぬけの殻のようだ、慌てて逃げ出したかのように物が散乱していた。

「情報が漏れて逃げられたか」

ユウキが呟く。

アジトの奥まで捜索したが隠れている様子はなく、邪教徒は一人もいなかった。

俺が精霊力を使ってアジト全体を探っていると、一つの発見があった。

「ここ通路になってるよ」

俺は壁を指さす。

本当に普通のただの壁にしか見えない。

「ほう、隠し通路か。どれ」

ユウキは大杖で俺が指さした壁をコツンと小突く。

「確かにこの壁の向こう側に空間があるな。皆、下がっておれ」

兵士たちがその壁からさっと離れる。

ユウキが大杖で再びコツンと小突くと、今度は壁が波紋のように揺らぎ、次の瞬間大きな音を立ててガラガラと壁が崩れた。

崩れた壁の向こうは不気味なほどに暗い道が続き、悪臭と不穏な空気が流れ込んでくる。

兵士たちがこの悪臭にたまらず鼻を押さえた。

ユウキは大杖を振るうと光の玉がいくつも現れ、隠し通路を照らす。俺はその隠し通路の中に一番に入り、その後にユウキが続く。兵士たちも俺たちの後を追うように通路に侵入した。

長く続く通路の先はかなり広い空間になっていた。

「……邪教徒ってのは最悪だね」

精霊の目だと暗闇の中もはっきりと見えるため、俺は目の前の光景に憤《いきどお》りを覚える。

ユウキがこの空間を照らすために大杖を振るうと、空間にオーロラのような光のカーテンが現れた。

「ッ!?」

光に照らされたその光景を目の当たりにした一同は強い衝撃を覚える。

残虐に殺された人間が山のように積まれ、封印が施された檻の中には醜く悍《おぞ》ましい黒い化け物がいた。

「ガアアアアアアア！」

黒い化け物は興奮して、ガンガンと檻に体当たりする。

俺は地面に無数の黒い結晶が落ちているのに気が付いた。

湖の水を手のひらから出した後、空中に浮かべる。

その水の中に、拾い集めた黒い結晶を入れると、全て浄化されて青、赤、黄、茶色など様々な色の結晶になった。全部精霊結晶だ。

静かに怒りが込み上げてきた。

「ガアアアアアアア！」

黒い化け物は檻の中で暴れていて騒がしい。

「うるさい」

俺はそう呟いて、檻の四方八方に出現させた水の剣で黒い化け物を串刺しにして一瞬で殺した。

シンと静まり返る空間。俺の力を目の当たりにした兵士たちが戦慄した。

「ナギよ、これを見てくれんか」

ユウキに呼ばれて空間の奥に行くと、祭壇《さいだん》のようなものがあった。

そこに黒い水晶玉が安置されている。

「なんだろうそれ。すごく嫌な感じがする」

「そうか……おそらく魔族に繋がる何かじゃろう。詳しく調べてみよう」

ユウキがそれに手を近づけた瞬間、黒い水晶玉は空間を埋め尽くす強烈な閃光を放って大爆発した。

爆発は山をも消滅させてクレーターが出来るほどの威力だった。

大きな黒煙が空高くまで昇る。

衝撃波が広範囲を襲い、岩石が降り注ぐ。

水の膜をドーム状に発生させたことで、ユウキにも騎士たちにも被害はなかった。

「皆大丈夫？」

「あ、あぁ……わしは大丈夫じゃ……」

一緒に来ていた兵士たちは怪我《けが》はないが、ほとんどが衝撃で気絶している。

「い、いったい何が……」

俺たちの所に頭を抱えてヘニタルが近づいてくる。

「わしのせいじゃ……申し訳ない。ここにあった怪しげな物を調べようとしたら、いきなり爆発したのじゃ。ナギがいなかったら全滅じゃった」

俺はひとまず全員に雫を飲ませる。

受けた衝撃による傷は完治し、次々と兵士たちが意識を取り戻して起き上がる。

そして、目の当たりにした光景に、みんなが唖然としていた。

「ひとまず離れよう」

「そうじゃな」

クレーターから出て見える光景はまさに大惨事。

周囲の森林は爆風と衝撃波で薙ぎ倒されて、大きな岩がゴロゴロと転がっている。

そして、アジトの前で待機していた第三中隊は全員犠牲となっていた。

出来る限り遺体を回収して、木々が薙ぎ倒された荒野を出てから麓の村に戻った。

その村も爆発の衝撃波とここまで降ってきた岩で被害を受けていた。

怪我人も数名、頭から血を流して倒れている人が複数人いた。

生き残った部隊の全員で救助活動を行う。

俺は運ばれてくる怪我人に雫を飲ませた。

俺とユウキ、ヘニタルは今後の事について話し合いを行う。

移動に使っていた馬車と馬は全て消え、食料もない状態だ。

村に協力を要請することは難しいという状況になっている。

「ひとまずわしとナギは聖都に戻ってサヴィオニールに説明じゃな。ヘニタルは指揮官として残って兵士たちを指揮してくれ」

「分かりました」

「食料はわしが届けよう。それまで他の村の被害状況も調べられるだけ調べてくれ」

「はい」

「ではナギ、行こう」

転移魔法を発動して俺とユウキは聖都の大聖堂に戻った。

右往左往する聖職者や聖騎士たちが、大きな混乱を見せている。

また何かあったのだろうか？

俺たちは、すぐにサヴィオニールの教皇室に向かった。

「ナギ様！　ユウキ殿！　よくぞご無事で！」

「どうしたのじゃそんなに慌てて」

「先刻、途轍もない爆発と地面の揺れ、大きな衝撃を観測しました。魔族からの攻撃を想定して情報を集めていたのです」

どうやら百五十キロ以上離れたここまで衝撃が伝わったみたいだ。

聖都の住民も大騒ぎらしい。

「それはわしのせいじゃ……」

アジトで起きたことをユウキが一部始終話すと、サヴィオニールは驚いた。

「そういうことが……！　分かりました。ただちに調査隊と救助隊を編成して派遣いたします」

「すまん。それと食料も用意してほしい。それはわしが持っていこう」

「分かりました。すぐに用意させます」

ユウキが俺の顔を見た。

「ナギ、お主はどうする？」

「俺？　そっちは人手が足りてそうだし、ヨナのところに行こうかなぁ。ヨナがどんなふうに過ごしているのか気になるし、勇者がどんな訓練してるのかも見てみたい」

「そうか。お主には世話になった。今回は命も救われた。本当にありがとう」

「ん。また何かあったら呼んで」

手をひらひらと振って俺は精霊体になる。

教皇室を通り抜けてヨナの気配がする方へ向かった。

訓練場のようなところで、勇者たちは筆頭聖騎士が見守る中、訓練模擬戦を行っていた。

その中にはレニアールもいた。

俺の気配にヨナとミネリスが反応する。

「ナギ様〜！」

「ナ、ナギ様！」

ヨナは手を振り、ミネリスは緊張した様子でペコペコしている。

二人の集中力は完全に切れてしまったようで、他の勇者もそれにつられていた。

ヨナのすぐそばで人間の姿になる。

「邪魔しちゃってごめん。こっちに戻ってきたから様子を見ようと思ってさ」

聖騎士に謝る。

「とんでもございません。申し遅れました、私、勇者様の訓練を任されておりますアンニアと申します」

ウェーブがかった長いブロンドヘアが綺麗な、碧眼でタレ目の物腰柔らかそうな女性だ。

歳は二十代半ばくらいだろうか。

どうやらそんな彼女が聖騎士序列ナンバー1――最強の聖騎士らしい。

俺はアンニアに改めてお願いする。

「皆の訓練を見させてもらいたいんだけど良いかな?」

「はい。どうぞ見ていってください。それでは皆さん、大精霊様の御前です。気を引き締めて勇姿を見ていただきましょう」

「「「「「はい!」」」」」

威勢良く返事をする五人。俺はアンニアの隣に移動する。

勇者たちが、それぞれ自分の得意とする武器を手にする。

ヨナは訓練用の長剣、レニアールは拳全体を覆う鉄の手甲、キネアは二本の短い槍、ミネリスは短刀を逆手に持っていた。マーシアルは短杖だ。

「いつも通り魔法と精霊魔法は禁止です。まずはヨナとレニアールから。始めてください」

「「はい!」」

二人は互いに向き合い武器を構える。

最初に動いたのはレニアール。地面を蹴ると一瞬でヨナの懐に潜り込み、左の拳を繰り出す。

ヨナは左足を後に下がって腰を下ろし、レニアールの拳を長剣で受け止めた。

ギイィィィィン。

鋭い風切り音がして武器がぶつかり合い、ズザザとヨナが圧される。

力はレニアールの方が上だろう。だけどヨナは下半身に力を入れて踏ん張る。

レニアールが空いている右拳でヨナの顔面を殴ろうとするが、ヨナは頭をそらして紙一重でかわした。

それから一歩下がって長剣を振りかぶり斬りかかる。

二人とも本気で戦い、一撃一撃が高い威力を持っていた。

「あれは少しでも油断すれば、どっちかが大怪我するよね。下手したら死にかねない」

俺の感想に頷いた後、アンニアは真剣な様子で語り出す。

「そうですね。ですがそれくらいでなきゃ魔王とは戦えないと思っています。本番でいきなり命のやり取りをしても使い物にはなりません。本物の殺気に竦《すく》み上《あ》がるようでは、一方的に殺されるだけです。命懸けに慣れてもらわなければまともに戦えない。それから致命傷になっても大丈夫です。ここには優秀な治癒師がいますし、本当に危ない時は私が止めますから」

相当厳しい訓練をしているようだ。

これは訓練というよりもはや実戦だ。

最初は力で押していたレニアールは次第にヨナの技で押し返され始める。

十数分が経った頃、ヨナの剣がレニアールの首を捉えた。

「そこまで！」

アンニアが止める。

ヨナの剣はレニアールの首の薄皮を切ってピタッと止まった。

レニアールの首からツーっと血が流れる。

バランスを崩して片膝を突くレニアールに、手を差し伸べて立ち上がらせるヨナ。

面白い戦いだった。

「次はミネリスとキネア！」

「は、はい！」

「はいだぁ～」

俺のことを意識していてまだ若干緊張しているミネリスと、マイペースなキネアが続いて前に出る。

二人とも武器を構えると、雰囲気が一変した。

今度は二人同時に動き出す。

ミネリスは左手に逆手で持った短刀でキネアの首を狙い、キネアは右手に持つ槍でそれを弾く。

そして左手に持つ槍をミネリスの心臓目がけて鋭く突こうとする。

ミネリスはしなやかにバク転して短槍を蹴った。

体勢を立て直すと、地面を蹴って短刀を構えてキネアに突進する。

キネアは二本の短槍で突き、払い、さらには剣のように叩き斬る。

手数の多い多彩な攻撃で、ミネリスを翻弄した。

ミネリスは、その全ての攻撃を短刀一つで完璧にしのぎきる。

凄まじい攻防が続き、最後にこの戦いを制したのはキネアだった。

乱舞するキネアにミネリスは短刀を弾き飛ばされ、二つの槍がミネリスの心臓と眉間を狙う。

「そこまで！」

キネアの攻撃はピタッと止まる。

「ふぅ～、終わっただぁ～」

キネアはさっきまで殺し合いをしていたとは微塵も感じさせないのんきさを出した。ミネリスは俺に顔を背けて、弾き飛ばされた短剣を拾う。

俺が見てる前で勝てなかったことが相当悔しかったのだろう。

その感情が伝わってきた。

「次はヨナとマーシアル」

「「はい！」」

二人は前に出て武器を構える。

先に動いたのはヨナ。長剣で首を狙い、マーシアルは短杖で受け止める。

次々に繰り出されるヨナの攻撃を受け止めるので、マーシアルは精一杯だ。

「魔法使いに対しては厳しい訓練だね」

「そうですね。ですが、こうやって接近戦を経験すれば実戦で狙われても対処出来るようになりますから」

ヨナになんとか食らいつき、マーシアルは隙をついて攻撃している。

ただ仲間に守られるのではなく自分の身は自分で守れる魔法使いだ。

だけど勝敗は数分で決した。ヨナの剣がマーシアルの心臓を捉える。

「そこまで！」

その後も訓練は続いて一通り全員が戦った。

真剣勝負を行って皆精神的に疲労が蓄積しているのを見て、アンニアが休憩をとらせる。

「魔物とかと戦ったりしないの？」

「本来ならダンジョンで実践訓練を行うのですが、こういう状況ですので安全を考慮して模擬戦を行っております」

「そうなんだ。それなら俺が協力するよ」

まずは水でミノタウロスを作る。イメージするのは竜人の里での戦争でマシュリスが召喚したミノタウロスだ。

水のミノタウロスが現れたことに一同が驚く。

「皆まとめてかかっておいで～」

「皆さん、これはまたとないチャンスです。大精霊ナギ様のご厚意に甘えさせていただきましょう。存分に力を発揮して皆さんの実力を見せてください」

「「「「はい！」」」」

休憩を終えた五人が再び武器を手に持って水のミノタウロスと対峙する。

「最初は魔法と精霊魔法は無しでやってみようか」

俺が指示を出すと、五人が一斉に水のミノタウロスに襲いかかる。

俺も水のミノタウロスを操って勇者たちを攻撃した。

大きな拳が先頭にいるヨナを襲い、ヨナは水のミノタウロスの拳をしっかりと受け止めた。

その隙にレニアールが懐に入り、水のミノタウロスの胴体を乱打する。

ミネリスが高く跳躍して一瞬にして首を斬りつけ、キネアは心臓を一突きする。

マーシアルが攻撃するまでもなくみんなの連携でとどめを刺された。

「お～、流石だね。それじゃあ次はこいつだ」

水のミノタウロスはバシャっとただの水になり、その水が蠢き盛り上がっていく。

次に現れたのは、全身が発達した筋肉に覆われた三メートル以上はある狼、ダイアウルフだ。

水のダイアウルフは姿がブレると、一瞬にして勇者たちの背後に現れる。

そして右の前足を上げて鋭い爪で襲いかかった。

この速度にヨナは反応して剣身で水のダイアウルフの爪を受けるが、力に耐えきれず弾き飛ばされて地面を転がった。

「ぐあっ！」

「ヨナ！」

レニアールが叫ぶ。

水のダイアウルフを鬼の形相で睨みつけ、胴体に回り込んで拳を叩き込むが、ダイアウルフはひらりと躱した。

「くぅ……」

ヨナはすぐに起き上がると、水のダイアウルフに駆けていく。

「くらえっ！」

長剣で胴体に斬りかかるが、それも躱される。

そこに完全に気配を隠していたミネリスが水のダイアウルフに近づき、心臓に短刀を突き立てようとした。その寸前で水のダイアウルフが跳躍してまたしても躱す。

「へぇ」

ミネリスはそんなことが出来るんだと俺は感心する。

今度は勇者たちが水のダイアウルフに一斉に襲いかかる。

ヨナが斬りかかり、反撃する水のダイアウルフからヨナを守るように立ち回るレニアール。

キネアは双短槍で連撃を繰り出して注意を引き、マーシアルがサポートをする。

再び気配を隠したミネリスが水のダイアウルフに近づき、隙きをついて首元に深く短刀を突き刺した。

「しっかり連携できてて流石だね。それじゃあコイツはどうかな」

動かなくなった水のダイアウルフはバシャっと消えると、再び水は形を変える。

次に現れたのは首のない水の馬に跨がる水のデュラハンだ。水のデュラハンは仰々しい水の大剣を手に佇む。

「マーシアル、君は魔法解禁でいいよ」

「かしこまりました」

流麗に頭を下げるマーシアル。

「それじゃあ始めるよ」

俺は開始の合図をするとともに、水のデュラハンを操り勇者たちを襲う。馬が駆け、デュラハンは馬上から大剣を振り翳す。

「ストーンウォール！」

マーシアルが短縮した詠唱で魔法を発動し、勇者たちを岩の壁で守る。

だがそんなのはお構いなしに攻撃する水のデュラハン。

強い衝撃が岩の壁から伝わる。水のデュラハンの一度の攻撃で岩の壁は崩壊しそうになっていた。

「うそ⁉」

魔法に自身があったのだろうマーシアルが驚く。

ヨナたちは一斉に攻撃する。

勇者たちの攻撃を、大剣を巧みに扱い捌き切る水のデュラハン。

大剣を横薙ぎで払って、レニアールとキネアを吹き飛ばした。

「うあ⁉」

「ぐっ……」

仲間が攻撃を受けたことにヨナの心に憤りが渦巻いたようだ。

「うおおおおお！」

長剣で正面から対峙し、馬上から振りかかる大剣となんとか剣戟をするヨナ。

そんなヨナを助ける為にレニアールとキネアはすぐに起き上がり、水のデュラハンを攻撃した。

「ファイアーランス！」

マーシアルも魔法で攻撃するが、水のデュラハンは全ての攻撃を防ぎ、余裕を見せて不動の構えで存在感を示す。

「ちょっと厳しいかな」

徐々に水のデュラハンの攻撃に慣れては来ているものの、決定打に欠ける勇者たち。

もう少しだけ様子を見てみよう。この状況にアンニアは思うところがあるのか、腕を組んで見守っている。

「アイシクルランス！」

無数の氷柱が空中で作られ、鋭い先端が全て水のデュラハンに向けられる。マーシアルはそれを射出するが、大剣で全て弾かれた。

彼女はフワッと浮かび上がり魔力を放出する。その魔力はバチバチと放電し始める。ヨナたちはそれを察すると水のデュラハンから急いで離れた。

「サンダーボルト！」

電光雷轟が水のデュラハンを襲い、これにはなす術なく雷に晒される。

この攻撃をされたら流石に一瞬硬直するだろうなと考えたのか、勇者たちはそれを見逃さず全員で猛攻を仕掛ける。

レニアールは乱打を繰り出し、キネアは水のデュラハンの両肩を穿《うが》つ。

ミネリスは背後から心臓の位置に一突き。そしてヨナは水のデュラハンを両断した。

「お疲れ様～。いい戦いだったよ。今日はこんなところかな」

連続で戦闘を行ったから勇者たちは疲労困憊《ひろうこんぱい》だ。

そんな俺のもとにアンニアがやってくる。

「指導ありがとうございました。それと、ナギ様に一つお願いがあります」

「何かな？」

「私も思いっきり体を動かしたくなってしまって、お手合わせをお願いしたいのですが……」

もじもじしながら俺に聞くアンニア。

「いいよ～。とっておきのと戦わせてあげる」

そう言って俺は勇者たちの方を見た。

「さて、君たちはユウキとサヴィオニールの所で休んでて。今からエキシビションマッチをするから」

「エキシビションマッチ？」

首を傾げるヨナ。

「俺とアンニアの特別試合だよ。と言っても俺が直接戦うんじゃなくて、さっきみたいに水で化け物を模倣するだけなんだけどね」

「見たい見たい！」

ミネリスをはじめ他の勇者たちが、俺の言葉に興味を示した。

「いいけど、絶対に近づかないで、ちょっと遠くから見るようにしてね？　かなり危険だから」

その言葉に頷き、俺たちから距離をとる子どもたち。

アンニアはいつの間にか持っていた、細い装飾が施された茜色に輝く細剣を鞘から抜いて、俺の準備が出来るのを待っていた。

俺が生み出したのは、体長二十メートルを超える九つの頭がある蛇。

「ヒュドラですか……また厄介な怪物を」

アンニアは細剣を構えて水のヒュドラと対峙する。

水のヒュドラの一つの首が大きな口を開けてアンニアを飲み込もうとする。

アンニアは瞬間移動するかのように一瞬にして躱し、目にも止まらない斬撃でその首を切り刻む。

「流石は筆頭聖騎士だね」

勇者たちもその力に眼を見張る。

他の首が口から水をビームのように吐き出して暴れる。切り刻まれた首も即座に再生しアンニアに応戦した。

九つの首は怒涛の攻撃を繰り出すが、アンニアはなんとか凌いでいた。

縦横無尽に動き回り首を一つ、二つと細切れにしていくが、他の七つの首が猛攻を仕掛け、その間に消失した首が再生する。

アンニアと水のヒュドラの戦いに勇者たちは見入っていた。

ヒュッと飛んで一つの頭の上に着地し、その頭を切り落として首の上を駆ける。

別の頭が大きく口を開けて飲み込もうとするのを躱してフワッと地面に降り立つが、次の瞬間そこに水のビームが放たれ間一髪で避ける。

十数分、勢いが衰えることなくアンニアと水のヒュドラは殺り合う。

「瞬光五月雨突《しゅんこうさみだれつ》き！」

光が降り注ぐがごとく瞬く間に広範囲に突き技が放たれる。

水のヒュドラは叫び声をあげる真似をしてはげしく悶絶《もんぜつ》する。

アンニアは暴れるヒュドラに上手く接近して、流麗に細剣を捌き、四つの頭を切り落とした。

態勢を立て直した水のヒュドラは怒り狂い、五つの首で一斉に水のビームを発射する。

それは一つに集約して巨大なものになった。

人の何倍もの大きさの水のビームは逃げ回るアンニアを追い、切り落とされた四つの首が再生する。再生した頭も水のビームを放ち、迫りくる水のビームは更に大きくなった。

逃げ切れないと判断したアンニアは立ち止まり、細剣を正面に構える。

「はぁっ！」

瞬間、目に見えないほどの剣捌きで巨大な水のビームを迎え撃つ。そのまま飲み込まれてアンニアの姿が見えなくなった。

十秒程して水のヒュドラは攻撃の手を止める。

勇者たちは固唾を呑む。

「無傷か」

一滴も濡れることなくその場に立つアンニアを見て、俺は感嘆した。

彼女の凄まじい技量が成せる技だ。

それに勇者たちは驚愕していた。

「はぁ……はぁ……」

アンニアは細剣を杖のように地面に突き刺して肩で息をしている。

「終わりにする？」

「いえ、まだやれます」

彼女の目は闘志が衰えていない。まだ水のヒュドラを倒そうと見据えている。

そういうことならと、俺は水のヒュドラを操作して攻撃を再開した。

正面から、横から、上からと連続で大口を開けて飲み込もうと襲いかかる。

それを避けて斬りつけ断頭するアンニア。

水のヒュドラの猛攻に食らいついている。

三十メートルを超える巨大な怪物を一人で相手にするその姿に、勇者たちは片時も目を離さずにいた。そして、彼らの胸に熱い思いが込み上げてきているのを手に取るように感じる。

きっとこう思っているのだろう、彼女のようになりたいと。チラッと見た勇者たちの顔がそう物語っていた。

何十何百と行われる応酬。水のヒュドラは本能に任せ暴れまわり、アンニアは華麗に戦う。傍から見れば互角に見えるだろう。だけど決定的な差がある。

水のヒュドラは猛攻を続けるのに対して、アンニアは徐々に動きも攻撃も切れが無くなってくる。スタミナの限界だろう。

正真正銘の本気をぶつけているのだ。いくら攻撃されても即座に再生する水のヒュドラ。アンニアの体には次第に傷が増えてくる。

だが闘志だけは増していた。絶対に負けたくないという強い意志を感じる。

「くぁっ！」

一瞬の隙が生じて攻撃を避けきれずに地面に叩きつけられるアンニア。頭から血を流してなんとか起き上がる。

水のヒュドラは更にとどめを刺そうと迫った。

アンニアは細剣を鞘に納めて目を瞑り、静かに息を吐く。

勇者たちにはそれは諦めたように見えるだろう。だが彼女は全く諦めていなかった。スッと構える。

「神速一剣《しんそくいっけん》」

そう言葉にした瞬間、アンニアの気配が途轍もなく膨れ上がる。最後の全身全霊の攻撃だ。アンニアの膨れ上がった気配は全て水のヒュドラに向けられる。

いや、その向こうにいる俺に向けたのかもしれない。殺気を感じて一瞬俺の首が切り飛ばされる光景が浮かんだ。

アンニアが鞘に納まった細剣を抜こうとしたのは確かに見えた。

次の瞬間には、水のヒュドラの頭が七つずれ落ちていた。

アンニアはドサっと倒れる。全ての力を使い果たして気絶したのだ。

水のヒュドラはすぐに頭が再生し万全となるが、勝負は決した。

戦いは終わり、勇者たちを守っていた結界を解除する。

勇者たちはすぐに倒れたアンニアの元に駆け寄った。

俺も彼女の怪我を治すために近寄る。仰向けに寝かされたアンニアの表情はとても満足気に見えた。俺の指先から滴る雫を口にしたアンニアは全身の怪我が癒え、すぐに意識を取り戻して起き上がる。勇者たちや俺、佇む水のヒュドラを見る。

「私は……負けたんですね」

「凄い攻撃だった。一瞬で首を七つ切り落としたのは流石だ」

「ナギ様にそう言って頂けて大変光栄です。何度か死を覚悟しましたが、とても楽しかったです。またいつかリベンジさせてください」

「いいよ」

意気込むアンニアに俺は軽い返事で了承した。

「先生凄かったです！」

目を輝かせてアンニアに言うヨナ。

他の勇者たちも口々に讃えていた。

そのまま訓練を終えた彼らは全員で足早に食堂に向かう。

皆相当お腹を空かせているようだ。俺は彼らの後についていった。

「ナギ様、ここはギルニッタというのが美味しいんですよ！」

「へぇ、ヨナのおすすめならそれ食べてみようかな」

大聖堂内はどこも壁や天井まで絢爛豪華《けんらんごうか》で、食堂も厳かな雰囲気がある。食堂内はかなり広く、沢山の聖職者や騎士が食事をしていた。空いている一角に案内される。

「それじゃあ僕たちが取ってくるのでナギ様は待っていてください！」

そう言って五人は食事を取りに行く。

周りの人たちが俺をチラチラ見て声を潜めて話をする。どうやら俺が大精霊であることは周知されているようで、緊張感が伝わってくる。

彼らにとって憩いの場でもある食堂で、申し訳ないことをしたなと少しだけ思った。

程なくしてみんなが食事を持ってきた。ヨナが二人分の食事を持っており、一つを俺の前に置く。

「これがギルニッタです！」

お皿にはミートパイに似た料理が載っていて、コップにはワインが注がれている。確かに美味しそうだ。

ヨナとレニアールもギルニッタを選んでいて、ミネリスは薄切りのお肉を挟んだパンとサラダ、キネアとマーシアルはステーキとスープを選んでいた。

「「「「神々のお恵みに感謝を」」」」

ヨナたちはお祈りをしてから食事に手を付ける。ここに来たときに教えられたようだ。

ヨナのおすすめだというギルニッタを一口食べる。甘みと酸味が丁度いいフルーツのようなソースに柔らかいお肉が丁度良く、それ程重くない口触りとさっぱりとした味わいで、パイのような生地がとても合っていてかなり美味しい。

「ヨナの言うとおり美味しい」

「ですよね！」

ワインもアルコール度数は低く、渋みもあんまり無くて甘みが特徴的な飲みやすい良いワインだ。

勇者たちは食事をしながら今日の訓練の反省会を行う。勇者同士で行った模擬戦では互いに良かったところや改善点などを話し、俺が協力して行ったモンスターと戦う訓練では対策を話し合う。

特にヒュドラとの戦いについては、どう対応していけばいいのかと話し合いを白熱させる。

「ナギ様ならヒュドラをどうやって倒しますか？」

ヨナは俺に聞き、ミネリスは期待に満ちた眼差しを俺に向ける。レニアールやキネア、マーシアルも興味津々の様子だ。

「そうだなぁ。俺がヒュドラと戦った時は再生なんて出来ないように消滅させたよ。だけどそれはごく限られたやり方だね。レニアールがもっと力をつければそういった化け物を燃やし尽くして倒すなんてのは有効だと思う。それ以外だったら弱点を探し出してそこを突くか、罠に嵌めて封印するしかないんじゃないかな。出来るなら即死させるのが一番だと思うよ」

「弱点を……」

ヨナは呟く。

「ナギ様にも弱点はあるだかぁ～？」

キネアは俺に聞く。

「偉大な大精霊であるナギ様に弱点がある訳ないじゃないですか！　不敬です！」

ミネリスがキネアに憤る。

「さぁ～、どうだろうね～」

俺は答えをはぐらかす。彼らにとって俺という存在は無敵に見えるだろう。だけど俺にも弱点はある。それを突かれたら消滅は免れない。

「それじゃあ皆食べ終わったし行こうか。長居をすると他の人の迷惑になるからね」

「「「「はい！」」」」

食器を片付けて食堂を出た。


「皆この後はどうするの？」

「祈りの時間が終わったら、今お世話になっている教皇様の宮殿で休みます！」

ヨナが答える。

「そっか。それじゃあ俺も付いていこうかな」

精霊体となって大聖堂に行くヨナに付いていく。

日が暮れて大聖堂内は魔道具とロウソクの明かりに包まれ、幻想的な雰囲気が増していた。

大聖堂には既に信者、修道士《しゅうどうし》と修道女がいて、さらに司祭や司教など神聖教会の中枢《ちゅうすう》にいる人たちがやって来る。最後に教皇が来て祈りの儀式《ぎしき》が始まった。

一同が聖歌を歌いはじめ、それと同時に大聖堂内の神聖な力が高まる。

次に教皇サヴィオニールによる神々を讃える言葉が述べられ、感謝が伝えられた。

最後にまた聖歌を歌って、祈りの儀式が終わる。

厳かな雰囲気と圧倒的な神聖な気配に、俺は魂が揺さぶられるような感覚がした。

祈りの儀式が終わった後は用意されていた馬車に乗って教皇宮殿に移動する。

俺は精霊体のままヨナに付いていった。

教皇宮殿は大聖堂に隣接していて、大聖堂に見劣りしない荘厳な造りだ。

宮殿に勤める執事たちに迎えられて、勇者たちはそれぞれの居室に向う。

『へぇ、ここがヨナの部屋か』

「はい！」

天蓋付きの大きなベッド、床一面には絨毯が敷かれ、壁には絵画が飾られている。見るからに高級品の椅子やテーブル、ソファーもあり綺羅《きら》びやかだ。そんな中でヨナはソワソワしている。

『落ち着かない様子だね』

「う、うん……前の部屋の方が居心地は良かったかも」

苦笑いで答えるヨナ。サヴィオニールは勇者たちをもてなすためにこの部屋を使わせているのだろうが、萎縮させてしまっているようだ。

それでも今日は沢山体を動かして疲れたのだろう、話をしているうちにヨナはソファに座ったまま静かに寝息を立て始めた。

俺はヨナを抱きかかえてベッドに寝かせて布団をかけた。

寝顔はルトとそっくりで可愛らしい。

それからしばらくヨナを見守っていると、ユウキに大事な話があると呼ばれた。

向かったのは教皇公室。部屋の中にはユウキとサヴィオニールがいた。

「座ってくれ。邪教徒について分かったことがある」

「お、流石はユウキだね」

どうやら伝手を辿って、色々調査を進めてくれていたらしい。

「うむ。今回の事件は魔王を崇拝するカルト教団の仕業だと判明した。カルト教団の名前はディ・ヴェルゴア。神を憎む者という意味じゃ。本拠地はまだ分かっていないが、そのカルト教団にかかわっているであろう人物を一人突き止めた」

「その関係者っていうのは？」

「邪教徒のアジトで大爆発が起きる前に押収していた書類などを調べて、ファン・ニルアニスという名前がいくつも記載されているのを見つけた。かつて世界的に名を馳せた豪商ニルアニス家の末裔《まつえい》じゃないかと考えておる。当時の当主が不老不死に傾倒しておったのじゃが、邪術に手を染めたことが発覚して、アルニス聖教会が断罪し取り潰したという過去がある」

「幼い少女の奴隷を買い漁り、悪魔を召喚する生け贄《いにえ》にしていたことや、その少女たちの血を魔族に流していたという当時の記録が残っています」

ユウキの説明にサヴィオニールが補足を入れる。

「なるほどね」

「ディ・ヴェルゴアとファン・ニルアニスについてはわしらの方で行方を探っておく。それで、お主に頼みたいことがあるのじゃ」

「俺に？　そろそろ帰ろうと思ってたんだけど」

「大丈夫じゃ。すぐに帰れる。わしとサヴィオニールで話し合ってな、しばらく勇者たちをお主のところで匿ってほしいのじゃ。そのカルト教団が再び勇者を狙うことは十分に考えられるからな」

後の言葉をサヴィオニールが引き取った。

「どこに潜んでいるのかわからない状況で、勇者様をまた危険に晒す訳にはいきません。悔しい話ですが、この場所も完全に安全だとは言えなくなってしまいました……信用できて安心して任せられる所といったら限られてしまいます。その中で一番安全だと考えたのが、ナギ様が治める所だとユウキ殿と話したのです。どうかお願いいたします」

深く頭を下げるサヴィオニール。

「わしからも頼む。この世界で最も安全な場所と言ったら、武藤のいる竜の住む秘境かナギのサンヴィレッジオしか考えられん。竜の住処は今の勇者たちには過酷な環境じゃ。となるとサンヴィレッジオしかない」

「う～ん……まぁ条件次第かな」

「条件はなんじゃ？」

「まずサンヴィレッジオで受け入れるのは勇者と俺が指定した人物のみ。それ以外の人間は俺の領域内に入れない」

極力村の中に人間を増やしたくないというのが俺の意図だった。

ダークエルフの居心地が悪くなるのは可哀想だし……

「うむ……」

ユウキは目を瞑り自分の髭を撫でる。サヴィオニールは俺の条件に同意した。

「もう一つ、勇者をうちで預かっている間、筆頭聖騎士のアンニアを連れて行くのを許可してほしい」

こっちは、アンニアがいなければ勇者たちの訓練がしづらいだろうという子どもたちへの配慮だった。

「分かりました。では彼女に勇者様を護衛する任務を与えて同行させます」

「ありがとう。俺の条件はそれだけだよ」

話はまとまり、出発は三日後と決まった。

その時になったらユウキの魔法で湖に転移するそうだ。

「もう一つの話題は、アジトの大爆発による被害状況についてじゃ」

邪教徒のアジトで起きた大爆発は、山間部周辺の村や街に甚大な被害をもたらし、アスティラント神聖国に大きな爪痕を残した。

もしあれが聖都で、それも大聖堂で起きていたら未曾有《みぞう》の大災害になっていただろうし、勇者も無事ではなかっただろう。タラレバの話だがその可能性はあったのだ。

今後は邪教にも注視して警戒しなければならないと話し合った。

「話はそれだけじゃな」

「お疲れ。じゃ、俺は行くよ」

フワッと浮かび上がって精霊体になり、公室を出た。


翌日、ヨナの部屋で寛いでいると司祭が訪ねてくる。

「お休みのところ大変失礼いたします。サヴィオニール聖下様が水の勇者ヨナ様をお呼びです」

「分かりました！　すぐに伺います！」

司祭は深く頭を下げて部屋を出ていくと、ヨナはすぐに身支度をする。

「ナギ様はこの部屋で待ちますか？」

「ん〜、付いていこうかな」

ということで、身支度を終わらせたヨナと一緒に部屋を出た。

「ご案内いたします」

部屋の前で番をしていた聖騎士が、俺たちをサヴィオニールがいる教皇執務室へと案内する。教皇執務室の中に入るとミネリスとキネアが既に来ていて、俺たちは三番目。次にマーシアルが、最後にレニアールが入ってきた。

「揃いましたね。今回は皆様にお伝えしたいことがありましてお呼びしました。まずお話しするのは、この前の事件のことについてです」

サヴィオニールがそう言うと、レニアールは体を強ばらせてビクッとする。

「一連の事件を起こしたのは、ディ・ヴェルゴアという魔王を崇拝する邪教だと判明しました。今後復活する魔王の為に、勇者を排除する計画だと分かりました」

サヴィオニールの言葉をみんな真剣に聞いている。

「そして邪教徒が潜伏するアジトを見つけて急襲を仕掛けましたが、既に逃走済み。もぬけの殻でした。さらにアジトにて大規模な爆発が発生。周辺地域に大きな被害が出てしまいました」

レニアールは拳を強く握り憤る。自分を洗脳して操り、ヨナを封印させた奴らに怒り心頭だ。ヨナたちも同様だ。

「邪教徒は今も神聖国に隠れ潜み、次の機会を窺っていると考えられます。またいつ勇者様が狙われるか分からない状況です。我々は警戒を最大級に引き上げますが、それでも絶対とはいかないでしょう。これ以上勇者様を危険に晒す訳にはいかないと考えた我々は、しばらくの間勇者様に最も安全な場所に避難してもらいます」

「最も安全な場所……ですか？」

ヨナは聞く。

「ヨナ様のよく知る場所です。勇者の皆様には大精霊ナギ様が統べる所に行ってもらいます」

「ほんとですか⁉　やったー！」

大喜びするヨナ。約半年ぶりの帰郷だ。唯一の肉親であるルトに会えるのも嬉しいのだろう。

「まぁそういうことだね。皆よろしくね～」

サヴィオニールが説明を続ける前に、俺は勇者たちに向かってそう言った。

「勇者様の護衛としてアンニアを同行させます。皆さんにはそちらに行っても訓練を怠らないようにお願いします」

「「「「はい！」」」」

「色々と準備することがあるので出発は三日後を予定しております。それまでは訓練もお休みしますのでゆっくり休んでください」

その他にも通達事項を伝えられて話は終わった。

勇者になってからずっと訓練を行っていたのだろう、休みと聞いて勇者たちは浮足立っている。

といってもどこに邪教徒が潜んでいるかわからないから、休みの間に何かをするとしてもやれることは限られるだろう。


次の日、勇者たちは各々限られた場所で自由に過ごした。

ヨナが攫われて以降、勇者たちを危険に晒さないために、勝手に聖堂の敷地内を出ないようにというお達しが出されていたのだ。

俺とヨナは特にやることがなく、部屋でダラダラしていた。

ダラダラすることを至福に感じる俺は特に不自由しないが、ヨナは何だか落ち着かない様子でソワソワしている。

退屈で仕方ないのだろう。かといって何かしたいことがある訳でもなく、何か出来ることはないか思案する。

そんなヨナを見るに見かねて提案した。

「……ヨナ、聖都を案内してくれない？　ほら、サンヴィレッジオに帰れるならルトやヘーリオ、友達とかにお土産買っておきたいでしょ。俺もルトとヘーリオにお土産買ってあげたいからさ」

「で、ですが危険じゃないですか……？　教皇様が許可してくれるでしょうか……」

「まぁとりあえず相談してみよう。条件付きで許可してくれるかもしれないし、それに俺も一緒だ。悪意や害意を向けられたらすぐに分かるし、絶対に暗殺はさせないから」

「……分かりました！　では行きましょう！」

少し考え、すぐに嬉しそうに答えるヨナ。支度をして教皇のもとに向かう。

本来ならちょっと相談したいからで会える人物ではない。

日々各国から使者が来て謁見したり、毎日の祈りの儀式を執り行ったり、神聖国の元首として行政の仕事や最高裁判長と激務だ。

教皇執務室の前まで行き、扉の前で番をしている聖騎士に教皇に面会したいと申し出る。

執務室の中にいる教皇にそれが伝えられると、あっさりと中に通された。

「ナギ様、ヨナ様、いかがなさいましたか？」

「えっと……ナギ様を聖都に案内したいと考えて相談に来ました……」

「良いですよ。是非色んな所に連れて行ってあげてください」

「え、良いんですか⁉」

あっさり許可されたことに驚くヨナ。

「大精霊ナギ様がご一緒でしたら大丈夫でしょう。我々では計り知れない力を持つ存在です。どんな事が起きてもヨナ様を守ってくださると確信しております」

「当然。全力でヨナを守るよ。ありがとうサヴィオニール。それじゃあ行こうか」

「気をつけて行ってらっしゃいませ」

笑顔で答えるサヴィオニール。だけどその瞳の奥に何かを期待しているのが見えた。

教皇執務室を後にして一旦ヨナの部屋に戻り、ヨナは余所行きの服に着替える。

そしてぎっしりとお金が詰まった袋を自身のアイテムバッグに入れて準備万端だ。

「行きましょう、ナギ様！」

「はいよ〜」

ソファーから立ち上がり一緒に部屋を出る。丁度そこにレニアールが来た。

「あれ？　ナギ様とヨナはどっか行くの？」

「ナギ様を聖都に案内しようと思って。サヴィオニール様から許可してもらったんだよ」

「ほんとか⁉　良いなぁ。暇だから誰か誘って訓練場で一緒に自主訓練しようって思ってたんだよ」

「他の皆は？」

「もう誘いに行った。ミネリスは大温室で寛いでて、マーシアルはウィンクルー大図書館に行っていて、キネアは部屋に籠もって錬金術の研究」

「それで僕のところに来たんだ」

「お～。まぁ出かけるなら一人で体を動かしてくるよ」

立ち去ろうとするレニアールを俺は呼び止める。

「それなら一緒に来る？　俺は別に構わないけど」

「いいんですか!?」

目を輝かせるレニアール。

「ただし、絶対に自分勝手な行動をしないことと俺から離れないこと。昨日サヴィオニールが言ってたけど、邪教徒がどこに潜んでるかわからないからね。俺から離れたら暗殺されるなんてこともあり得る。でもそばにいれば俺が守れるから、約束は守ってね」

「はい！　それじゃあ俺も準備してきます！」

駆け足で自分の部屋に戻っていくレニアール。数分して準備を済ませて俺たちのところに来た。

この機会に色々買っておくのだと、きっちりお金を持ってきていた。

宮殿を出てまずはキーネス広場という所に行く。

かなり広い広場中央に大きな噴水があり、その周りに神を模した像が等間隔で配置されていて、多くの人々がこの広場を行き交っている。

それからヨナとレニアールがおすすめする食事処に案内してくれることに。広場を出て大通りを通っていくと、リスタンというお店に着く。

「ここはアンニアッタっていう料理がおすすめなんですよ！」

ヨナの話を聞きながら、お店の中に入る。

「いらっしゃいませ。ヨナ様、レニアール様！　お久し振りです！　どうぞこちらへ」

店主はヨナとレニアールを大歓迎し、一番いい席に案内した。どうやら神聖国で勇者はかなり有名で、広く顔が知られているようだ。

「ご注文をお伺いいたします」

「それじゃあアンニアッタを三人分お願いします。飲み物はお任せします」

「かしこまりました。すぐにお持ちいたします」

店主は深々と頭を下げると料理人に注文を伝えに行く。それからクリスタルのグラスがテーブルに置かれ、薄ピンク色のワインが注がれる。

「どうぞお召し上がりください。ウィンリーリより取り寄せました最高級のシュエでございます」

ウィンリーリはアスティラント神聖国の南部にある村の名前で、シュエとはその村で作られたワインの名前だ。口触り滑らかで甘みが強く非常に飲みやすい。

しばらく談笑していると店主が料理を運んでくる。

「お待たせいたしました。アンニアッタでございます」

優雅に俺たちの前に料理を置く。ゴロゴロの肉に溶けたチーズが載った料理だ。

これがおすすめということらしいが、一口食べてみる。

「……へぇ、これはなかなか美味しいね」

「美味しいですよね！」

肉は仄かに燻製《くんせい》されていて香りが強く、コクの深いチーズがとてもまろやかでマッチしている。これはワインとよく合う。美味しい料理を堪能《たんのう》し大満足だ。

食事が終わり、ヨナはアイテムバッグから袋を取り出して硬貨を三枚テーブルに置く。

「それがこの国のお金なんだ」

「はい！　神聖国で使われているシリスという通貨です！　これが千シリスです！」

ヨナはテーブルに置かれた女性の姿が刻印された白銀のお金を指差す。

千シリスで、四人家族が五日間お腹いっぱい飲み食いできるくらいだと教えてくれた。

「ヨナ様、ただいまお釣りをお持ちいたします」

「良いですよ。また来たときにサービスしてください。ナギ様、レニアール行こう！」

「はい！　ありがとうございます！」

店主は深々と頭を下げて俺たちを見送る。

それから商業通りに移動する。

この通りは沢山のお店が立ち並んでいて結構賑わっていた。建物は全て白で統一されていて、とても美しい。

そんな中、俺たちを取り囲むように聖騎士の気配を感じた。

一般人に扮《ふん》した聖騎士とも何回もすれ違っているが、ヨナとレニアールは全然気がついていない。サヴィオニールの指示だろう、警戒して護衛してくれているようだ。

「ナギ様、ここは美味しい焼き菓子が売ってるんです！　買っていきましょう！」

ヨナに手を引かれてお店の中に入る。美味しそうな匂いがお店いっぱいに広がっていて、数種類のクッキーやカップケーキが置いてあるのが目に入った。

「いらっしゃいませヨナ様、レニアール様！　どうぞごゆっくりしていってください！」

ここの店主も二人に丁寧に挨拶していた。

「どれも美味しそうだね」

「はい！　ここでルトやヘーリオ、他の友達のお土産を買っていこうと思ってます！」

ヨナは次々と注文していく。

十個二十個とかではなく何百と大量注文するヨナを見て、店主は嬉しそうだ。レニアールもたくさん買っていた。

お土産の分は後日宮殿に届けるということになり、今買っていくのはミネリスやマーシアル、キネアの分のようだ。それでも各種類数十個単位の大人買いだ。

ヨナは代金を支払い品物を受け取ると、アイテムバッグに入れた。

「次は俺のおすすめの店を案内するよ！」

レニアールの案内で、また別の店へ入る。

二人の案内で武器屋や雑貨屋などを巡り、たくさん買い物をした。

二人は沢山給金をもらっているようで、行く先々のお店で大量買いをしていき、お店の人に喜ばれていた。

「こっちには何があるの？」

俺は裏路地を指差す。

「そっちはなにもないですよ？」

「聖都で暮らしている人たちの家があるくらいかな？」

ヨナとレニアールが答える。

「もしかしたら掘り出し物があるかもしれないし、行ってみようか？」

「分かりました！」

掘り出し物と聞いて二人は楽しそうにする。

裏路地に入って行くと、人の気配が減っていった。

しばらく進むが特に何かがある訳でもなく、子供たちが遊んでいたり、女性が洗濯物を取り込んだりという日常の風景だけ。

そのまま歩いていると、自分たちが進む道の向こうからみすぼらしい姿の男が歩いてきた。

すれ違いざま、俺は危険を感知してすぐにその男を水の縄で拘束した。

「な、なんだ⁉」

突然水に拘束されて驚く男。

「ナ、ナギ様!?」

ヨナが驚いて俺に聞く。

レニアールはすぐに何かを察したのか、警戒してヨナを庇うように前に立つ。

俺は男の前に立った。

「ずっと俺たちの後をつけていたのは分かってたよ。正体を明かしてもらおうか」

俺たちを護衛する聖騎士の他に、悪意ある何かが俺たちを尾行していたのには気がついていた。

人通りの少ないところに来たのも、実のところ、この尾行している存在を誘い出すための罠だった。

「な、なにを言ってるのかよくわかりません……自分はあなたたちのことは知らないです！」

「この俺を騙せるとは思わないほうがいいよ」

隠しているようだが、うちに秘める殺意を俺は感知している。

「ディ・ヴェルゴアの邪教徒かな？」

俺がそう言うとヨナとレニアールは目を見開き、臨戦態勢になった。

男は困惑した表情を浮かべているが、心の奥底で無意識に動揺している。

レニアールが猛烈な殺意で男を睨み付け、ヨナはアイテムバッグから精霊剣を取り出した。

「な、なにを言ってるのですか？　ちょ、ちょっと何をするんですか！」

俺は水の中に手を入れて男を弄る。

固い感触に当たってそれを引っ張り出せば、衣服の中から黒い短剣が出てきた。

「これは？」

「そ、それは……そう！　護身用です！　最近は物騒だから自分の身を守るために持っていたのです！」

「ふ〜ん。それじゃあ、こっちは何かな」

続けて黒い液体が入った小瓶を取り出した。

いよいよ言い訳できないと考えた男は、水の拘束から抜け出そうと必死に藻掻く。

「聖騎士さん」

誰もいないところに呼びかけると、聖騎士がスッと姿を表す。

「この男を連れてってくれるかな」

「かしこまりました」

聖騎士は銀の縄を取り出すとギチギチに拘束し、騒がないように猿轡《さるぐつわ》もして連れて行った。

「それじゃあ帰ろうか」

二人はコクンと頷き、周囲を警戒しながら宮殿に戻った。

宮殿に戻ってきた俺たちは一旦部屋に戻ってアイテムバッグを置き、食堂に向かう。

マーシアル、ミネリス、キネアの姿はないから、多分もう夕食は食べ終わっているのだろう。

自分たちの夕食を選んでテーブルに運び席につく。

すぐにレニアールも来て一緒の席で夕食を食べた。

次の日、教会の鐘が九回鳴り終えて少し経った頃にユウキが訪ねてきた。

「ナギよ、一緒に来てくれ」

「俺？　分かった。ちょっと行ってくるよヨナ」

「はい！」

部屋を出てユウキと一緒に教皇執務室に向う。

「お待ちしておりました。どうぞお掛けになってください」

ソファーに座ると、俺の向かい側にユウキとサヴィオニールが座った。

「昨日のことについてお伝えしたいことがあります。結論から申しますと、ナギ様が捕まえました男はディ・ヴェルゴアの者で間違いありませんでした」

「記憶を見てみたがそやつはディ・ヴェルゴアが育てた暗殺者じゃった。深く見てみたが、元々は孤児で邪教に拐われ暗殺者として訓練させられていたようだ。その過程で洗脳し、逆らえないようにしておる」

「なるほどね。そんなやつがそこら中に潜んでるかもしれないと考えると、やっぱりここに勇者たちを置いておくのは危険だね」

「うむ……それと、昨晩のうちに隠れ家を急襲したが逃げられていた」

「子どもを暗殺者にするなど……邪悪極まりない！」

強く憤るサヴィオニール。

「……それとこれじゃ」

ユウキはテーブルに小瓶を置く。その小瓶は昨日捕らえた男が持っていた物だ。

「これはバプクルスという猛毒の呪薬じゃ。一滴でも体内に取り込んでしまうと全身が爛れて溶けていき、骨になるまで死ぬことを許さない。当然死ぬまで耐え難い苦痛が続く邪悪な毒薬じゃ」

「聞くもおぞましい万の毒を操る魔女が、好んで使っていたと聞いたことがあります……」

「この猛毒を生み出したのはその魔女――ベベネシアじゃ。それが暗殺者の手にあるということは、ディ・ヴェルゴアに協力しているか、もしくはディ・ヴェルゴアの一員だと考えられる。頭の痛い話じゃ……しかもこの毒は暗殺者が持っていた短剣に塗られていたもの。もしかすり傷でも与えられていたら状況は最悪だったじゃろう」

俺はユウキの話を聞いて、無言で小瓶を手にすると、蓋を開けた。

小瓶から邪悪な瘴気が漏れ出る。

「何をするつもりだ？」

ユウキはそう言って俺を結界に閉じ込める。

瘴気が周囲に拡散しないようにと考えてのことだろう。

俺は人差し指の先から雫を垂らして小瓶の中に入れる。

次の瞬間、黒い液体はスーッと透明になっていった。

発していた瘴気が消える。

「なんと!?　お主はそれを浄化出来るというのか!?」

目を見開いて驚くユウキとサヴィオニール。

「黒竜を蝕んでいた禁呪を治せるなら、出来るかなって思って試してみた。どうやらこんな毒も俺には関係ないみたいだね」

「は、はは……お主はつくづくデタラメな存在じゃな……ナギがいてくれて本当に良かった」

ユウキが呆れたように言う。

「ナギ様がいれば、べベネシアも恐れるに足らずですね」

「暗殺者に魔女ねぇ～」

俺がそう呟く一方で、ユウキはサヴィオニールに指示を出していた。

「ディ・ヴェルゴアの全容は一刻も早く掴まねばならん。各国と情報共有して協力を仰ごう」

「分かりました」

「魔王を復活させようとしている魔族の動向を注視しなきゃいけないというのに……邪教の存在まであるとは頭の痛い問題じゃな」

ユウキが眉間を抑えた。

「次に邪教徒が潜伏していたアジトの大爆発による被害状況じゃが――」

最新の情報が伝えられる。救助活動は難航していて犠牲者の数は増えているようだ。

ただ遺体の埋葬が追いつかず、感染症《かんせんしょう》が流行りはじめているという。

その対策について、夜遅くまで話し合いが行われた。

精霊体になってヨナの部屋に戻ると、ヨナは既に眠っていた。

俺はソファーに寝っ転がって、ただボーっと天井を眺めた。

朝になってヨナが目を覚ます。

「おはようございます、ナギ様！」

「おはよう。ほら、顔洗っちゃいな」

「はい！」

水を浮かばせるとそれに顔をつけて洗うヨナ。

しっかり目が覚めたようだ。

衣服を着替えてから、一緒に食堂に向かうと、ミネリス、マーシアルが既に来ていて、楽しそうに話をしていた。

俺たちも料理を手に、彼女たちのいるテーブルに向かう。

「おはようございます！」

「二人ともおはよ〜」

「おはようございます。ナギ様、ヨナ様！」

「おはようございます」

挨拶をして談笑に加わり一緒に朝食を食べる。

次に来たのはレニアールだ。髪がボサボサでまだ半分眠そうにしていた。

「……おはよう」

彼は、俺たちに寝ぼけまなこで挨拶をする。

料理をテーブルに置くと、数秒目を瞑っていた。

最後に来たのはキネアで、目の下には隈《くま》が出来ていた。

「……おはようだぁ～」

大きくあくびをして挨拶をする。

話を聞くと、今研究している錬金術に一晩中没頭していたということだった。

「皆、出発の準備は出来た？」

ヨナが四人に聞く。

「はい！　私はもともとあまり物を持っていなかったので、すぐに終わりました！」

「おらも終わってる～」

ミネリスとキネアが順番に答えた。

「俺はもう少しで終わるな。支給されたアイテムバッグが無かったら、入りきらずに色々置いていくことになってた」

「私は昨晩のうちに終わらせました」

レニアールは、ヨナとの買い物で、物がかなり増えたようだ。

マーシアルはほとんどが書物のようだった。

それぞれ個性的で面白い。

ヨナも昨日のうちに荷物をまとめたということで準備万端だ。

朝食を食べ終えて、それぞれ部屋に戻る。

のんびり過ごしていると、正午より少し前に司祭が部屋に来た。

「勇者様、お荷物をお持ちになって訓練場にお集まりください」

ヨナは指示に従い、アイテムバッグを持って訓練場に向かった。

俺も一緒に付いていく。

他の勇者たちも同じタイミングで訓練場に集まった。

訓練場には既にユウキ、サヴィオニール、アンニアがいた。

「皆様揃いましたね。それではこれより転移を開始します。転移先は大精霊ナギ様の領域です。謹んで行動するように心掛けてください。また訓練を怠らないようにお願いします。アンニア、頼みますよ」

「かしこまりました！」

サヴィオニールの注意を聞いて、勇者たちが頷き、アンニアが敬礼した。

「では、ユウキ殿お願いします」

「うむ。転移先では驚くことが多くあるじゃろうが心しておくように。はしゃぎすぎるでないぞ」

ユウキは忠告すると大杖で地面を小突いた。

一瞬にして魔法陣が展開されると、勇者たちと俺を包み込む。

瞬く間に景色が変わり、一瞬で俺の本体である湖の湖畔に着いた。

「ここがナギ様の……」

目を輝かせてミネリスが感動している。

本体に戻ってきたことで、俺の力が増大した。

契約者であるヨナも、俺の力が増したことを感じているようで、穏やかな表情だ。

「ここは俺が宿る湖。森林の全てが俺の領域だよ。それじゃあ案内するから付いてきて」

俺は勇者たちとアンニアにそう説明して、サンヴィレッジオへ歩き出す。

森の中を進んでいると、半ばぐらいで足音が聞こえてくる。

その人物が誰かは気配ですぐに察知した。

「ナギ様ー！　おかえりなさい！」

「ナギ様、お戻りをお待ちしてました！」

ルトとヘーリオだ。

湖が騒がしいのに気付いて、急いで来たようだ。

「二人ともただいま」

「キュイッ！」

「ギャウ～！」

それからバラギウスとフィオも一緒だった。

「お兄ちゃん！」

「ルト！」

ルトはすぐにヨナに気が付き、勢いよく駆けて抱きつく。

「お兄ちゃんおかえり～！　うあぁ～！」

「ただいまルト。心配かけてごめんね」

ルトは無事に兄が帰ってきたことに喜び、感極まって大泣きする。

俺がヨナを助けに行ってから相当不安だったのだろう。

ヨナも弟と再会できて大喜びして抱きしめていた。

その目尻には、うっすらと涙が浮かんでいる。ヘーリオもヨナが帰ってきて嬉しそうだ。

バラギウスは俺の胸に飛び込んでしがみつき、フィオは勇者たちを警戒して毛を逆立て、威嚇している。

「バラギウスもただいま。フィオ、この人たちは大丈夫だからね」

俺にしがみつくバラギウスの背中を撫でてから、フィオに目線を合わせる。

ヨナとルトの再会が落ち着いたところで、お互いの自己紹介が始まった。

最初に俺が大まかな説明をした。

「ルト、この人たちはヨナと同じ勇者だよ。しばらくサンヴィレッジオに滞在することになった」

「俺は火の勇者になったレニアールだ！　ヨナの弟か！　ヨナからたくさん話は聞いてるぜ！　よろしくな！」

俺の言葉に続いて、レニアールが名乗ったが、ルトは少し警戒してヨナの後ろに隠れてしまった。

「はじめまして、ルト様！　ミネリスと言います。豊穣の勇者です」

「おらはキネア。錬金術の勇者だぁ、よろしく〜」

「私はマーシアル・シグマと申します。天候の勇者をしております。どうぞよろしくお願いします」

「聖騎士をしておりますアンニアと申します。ルト様、ヘーリオ殿、よろしくお願いします」

そのまま続けて勇者たちとアンニアが名乗っていく。

「えっと……ルトです。よろしくお願いします」

緊張してるのか控えめに挨拶をするルト。

「……よろしく」

ヘーリオは、よそ者に対して壁を作っているようだった。

特に人間のレニアールとマーシアル、アンニアに対して強く心を閉ざしているみたいだ。

そんなヘーリオを見て、ヨナが困ったように目尻を下げる。

「ヘーリオは僕の一番大事な友達なんだ。仲良くしてくれると嬉しいな」

本人を目の前にして親友と言うのは恥ずかしかったみたいで、一番大事な友達と言い換えたようだ。ヘーリオの様子を見て、俺はアンニアたちに注意を促した。

「これから案内するところはダークエルフとラミアを保護している所だよ。彼らがどういう扱いを受けてきてここに逃げて来たのか理解してほしい。人間である君たちにとっては、最初は居心地が悪いかもしれないが、みんないい奴ばかりだ。きっと打ち解けられるはずだ。実際に、四人の人間がそこで暮らしているけど、今では仲間として受け入れられているからね」

「「「分かりました」」」

レニアール、マーシアル、アンニアが頷く。

「さぁ、行こうか」

再びサンヴィレッジオに向かって歩みを進めると、開けた場所に出る。

初めて見る光景に、勇者の四人とアンニアは驚愕していた。

結界の全貌と、見えてくるビル群に目を見開いている。

「スイキ」

俺は、結界の維持を任せているスイキを呼んだ。

『お帰りなさいませ、お父様』

スイキがフッと姿を現す。

「彼らは俺の客だよ。結界に入れるようにしてあげて」

『かしこまりました』

これで部外者だった勇者たちとアンニアも結界の中に入れるだろう。

まずは俺とヨナとルト、ヘーリオ、バラギウスとフィオが中に入り、あとに続いて五人が入る。

全員問題なく通り抜けられたようだ。

「ようこそ、サンヴィレッジオへ」

「うわぁ！　すっかり見違えたね！」

俺が改めて言うと、ヨナが感嘆の声を上げた。

ヨナにとっては久々のサンヴィレッジオで、その間にすっかり見違えたからなぁ。

道路は舗装され、街並み全体が高度な発展を遂げている。

他の勇者たちとアンニアは、見るものすべてに驚きっぱなしだ。

「皆こっちだよ。とりあえず俺の家に案内するから付いてきて」

我が家に招待する道中、ダークエルフやラミア、ドワーフ、エルフ、獣人、竜人がこぞって俺に挨拶をする。

「本当に人間がいないんですね」

アンニアが独り言のように言った。

サンヴィレッジオの中央のど真ん中にそびえる大きな豪邸の前に立つと、俺は「ここだよ」と一言だけ言って中に入った。

俺の家はまさに、サンヴィレッジオの中心部。上空には結界にエネルギーを供給する大きな精霊石が浮かんでいる。

「お帰りなさいませ。ナギ様、ヨナ様」

「ただいま、ミラエダ」

「お久しぶりです！」

「ミラエダさん、これからこの家にしばらく滞在する勇者たちと聖騎士だよ。出来れば彼らの分の食事の用意もお願いしていいかな？」

「かしこまりました。初めまして勇者様、聖騎士様。私はここでお手伝いをしていますミラエダと申します。よろしくお願いします」

ミラエダが事務的に挨拶する。

勇者たちとアンニアも自己紹介をして挨拶した。

最初は各自使ってもらう部屋に案内する。部屋は有り余っているから一人一部屋だ。流石に教皇の宮殿で使っていた部屋のように豪華絢爛《ごうかけんらん》とはいかないが、各部屋の設備は整っていて過ごしやすい部屋となっている。勇者たちとアンニアは大満足のようだ。

みんなが荷物を置いた後、俺は客間に案内した。

大きなソファに全員が座ってリラックスしている。

そこにミラエダがコップと飲み物を持ってきて、人数分のコップに飲み物を注いだ。

サンヴィレッジオでダークエルフやラミアたちが栽培した果実のジュースだ。

「どうぞお召し上がりください」

そう言って頭を下げて客間を出ていく。

喉が乾いていたのだろうレニアールはそれを一口飲んだ。

「美味い！」

そのままゴクゴクと一気に飲み干す。

他の面々も気になったのか、各々コップを手にジュースを飲んだ。

皆の口にあったようで大好評だ。

「それじゃあこれからのことを話そうか。今日はゆっくり休んで明日サンヴィレッジオを案内するよ。その後は皆の歓迎の宴をしようか」

「はい！　よろしくお願いします！」

ワクワクするミネリス。

「宴かぁ……楽しみです！」

レニアールははしゃいでいた。マーシアルとキネアも楽しみなようだ。

「お気遣い感謝します、ナギ様」

アンニアは俺に頭を下げた。

「皆が早くこのサンヴィレッジオに馴染んでくれることを願うよ」

「ねぇねぇ、お兄ちゃんはあっちでどんな暮らしをしてたの？」

ルトは興味津々な様子だ。

「いろいろあって楽しかったよ。レニアールたちと初めて会ったときは――」

他の勇者たちと一緒に思い出話に花を咲かせる。ルトはその話を楽しそうに聞いていた。

アンニアが神聖国で最強の聖騎士だということにはものすごく驚いたようだ。

無関心を装っていたヘーリオも次第に耳を傾け、無意識に一喜一憂する。

この調子なら仲良くなれるだろう。


皆が寝静まった夜中、俺は意識を湖に戻した。

『スイコ、スイキ、ミヤ、ミオ』

『『『お帰りなさいませ、お父様』』』

『はい、お父様！』

湖の上に浮かび上がると、四体ともが俺の周りに集まった。

俺は彼らの前にぷくんと水玉になって浮かび上がる。

『皆ただいま。俺が留守の間は変わったこととか起きてないかな？』

『はい。私はミオとルナシア大森林全域の番をしておりましたが、これと言って報告するようなことは起きていません』

『俺はサンヴィレッジオの結界の維持をしつつ見守っていました。平穏無事。事故や災害、事件も起きていません』

ミヤとスイキがそれぞれ状況報告をする。

『そっか。ありがとう。こっちはいろいろあったよ』

俺から神聖国で起きたことなどを話す。

『ディ・ヴェルゴアですか……ヨナ様を危険な目に遭わせる存在は報いを受けるべきだと思います』

スイコが静かに怒りを見せる。

『そうだね。俺もそう思うよ。だから俺も独自で動こうと思う。その前にミヤ、ミオ』

『『はい』』

『君たちを最上位精霊にすることに決めた』

『『！』』

普段表情が乏しいミヤとミオが、珍しく嬉しそうな顔になる。

俺は人間体になって、ミヤとミオの額に手を当てた。

精霊力を分け与えると、二人が仄かに輝く。そして、十代後半くらいの見た目に成長する。

これでスイコ、スイキ、ミヤ、ミオの四柱が最上位精霊になった。

『それから新たな眷属を作ろうと思う。皆は先輩としていろいろ教えてあげてね』

『『『『はい！』』』』

大きく精霊力を高めると、湖が呼応して全体が僅かに輝き始めた。

水の底が見えるほどに透き通っていて、水底には大小様々に大量の精霊石がある。

その石がキラキラと光ってかなり幻想的な光景だ。

その中で、癒水《ゆすい》の精霊宝玉《せいれいほうぎょく》は一際強く輝いていた。

今の俺の力なら、最初から最上位精霊の眷属を作れるようになっている。

空中に水の塊が出てきて、それはどんどん人の形になっていった。

膝を抱えた青い髪の姿の青年が目の前に現われる。

新たな精霊は、目を開けて俺の存在を確認すると、すぐに跪いた。

『ご挨拶申し上げます。御身の尊い御力で生まれることが出来ました。我が身は父上の手足となり全身全霊をかけて尽くします。何なりとお申し付けください』

『おはよう。君の名前はミナツキだよ』

『名を賜り無上の喜びです。感謝申し上げます』

スイコ、スイキ、ミヤ、ミオもミナツキを歓迎する。

生まれたばかりのミナツキにあれこれと教えたり、話したりしていて楽しそうだ。

時間はあっという間に過ぎて、空が白み始めた。

『ミナツキ、君にはディ・ヴェルゴアという組織を探してもらいたい。適宜眷属を作り、徹底的に捜索してほしい』

ディ・ヴェルゴアについて、俺が現段階で知っている情報を伝える。

『かしこまりました。ただちに見つけ出して参ります』

フッとミナツキの姿が消える。

『それじゃあそれぞれ引き続きお願いね。ルナシア大森林には何人も侵入を許さず、不用意に侵入する者は力づくで追い出して。異常があったらすぐに知らせてね』

『『『はい、お父様！』』』

四柱は姿を消して自分の持ち場に戻った。

俺もヨナたちが起きてくる前に家に戻る。

客間のソファーで寛いでいると、日の出が部屋の中を明るく照らし始めた。

次第に誰かが起きてきて、身支度をする気配を感じる。

「おはようございます、ナギ様！」

「おはよう」

最初に客間に来たのはミネリスだった。

俺と二人っきりという状況に緊張している様子で、どうしたらいいのかぐるぐる考えていた。

「ソファーに座っててゆっくりしてて」

「は、はい！」

沈黙の時間が続く。

次にミラエダがやってきた。朝早くからうちに来て皆の朝食を作ってくれる。

それから次々と起きてきて一人、また一人と客間に集まってきた。

最後の一人、レニアールが起きてきたところでちょうど朝食の準備が整った。

「朝食が出来ました」

ミラエダが知らせてくれる。

全員で食事部屋に行くと、長方形の大きなテーブルに朝食が並んでいる。

俺は一番奥の席に座り、右側にヨナとルトが、左側にはアンニアと勇者たちが並んで席につく。

「それじゃあ食べようか」

「「いただきます！」」

ヨナとルトはそろって挨拶をする。

「「「神々のお恵みに感謝を」」」

アンニアと勇者たちも、祈りを捧げてから朝食を食べ始めた。

朝食は、温められた柔らかいパンに具だくさんの野菜のスープ、少し小さめのステーキだ。

そしてドワーフが造ったガラスのゴブレットにはアルコール度数の低いワインが注がれている。

まるで王侯貴族が食べるかのようなそれらに、アンニアと勇者たちは少し驚きつつ、口にした。

「このパン……すごく美味しいです」

マーシアルは、パンを千切って口に運び、あっという間に一個平らげてしまった。

パンのおかわりがあるとミラエダが伝えると、すぐにもう一個おかわりする。

「スープもとても美味しいですよ！　お野菜がすごく新鮮で最高です」

この野菜はさっき収穫したばかりの採れたて野菜だ。

それもダークエルフが作る野菜は品質も最上級。

ミネリスはスープの美味しさに感動しながら、おかわりしていた。

「この肉もすごく美味い！」

豪快に齧り付くレニアール。

キネアは美味しそうに黙々と食べて、アンニアは優雅に平らげている。

アンニアは、特にワインが気に入ったようで口にするたび満足そうに微笑む。

ワインも丹精込めて作られた上等な物だ。

アンニアや勇者たちの食べっぷりにヨナやルト、ミラエダが嬉しそうにしている。

「とても美味しかったです」

アンニアは微笑む。

「満足してくれたようで何よりだよ。それじゃあ朝食も食べ終えたことだし、サンヴィレッジオを案内しようか」

全員を連れて家を出ると、最初にダークエルフの代表をしているダイラスのもとへ向かった。

蔦が所々覆う大きなビルの中に入り、魔導技術で動くエレベーターに乗って最上階へ行った。

このエレベーターも、ユウキの知識とドワーフたちの技術力で再現されたものだ。

キネアはこの魔導エレベーターに興味津々で、落ち着きなくキョロキョロする。

最上階に到着し、廊下の突き当たりにある両開きの扉の向こうがダイラスの仕事場だ。

俺が扉の前に立つと、すぐに開いて迎えてくれる。

「ようこそお越しくださいました、ナギ様、ヨナ様、ルト様。どうぞ中へ。お連れの方々もどうぞ」

部屋の中は結構広く、窓際に立派な仕事机があり書類が束になって置いてある。

仕事をしていたのだろうが、俺が近づいてくる気配を察知して、待ってくれていたようだ。

「急に来てごめんね」

「いえいえ！　いつでもいらしてください！」

ダイラスはそう応えながら、俺の後ろにいるみんなを見回す。

「昨日帰ってきたばかりでね。紹介するよ。客人として招待した勇者たちと聖騎士だよ」

それから各勇者とアンニアが自己紹介を始めた。

「初めましてレニアール様、マーシアル様、ミネリス様、キネア様、アンニア様。私はサンヴィレッジオに暮らすダークエルフの代表をしておりますダイラスと申します。どうぞ、よろしくお願いいたします」

ダイラスが一礼した。

「それで……忙しいところ申し訳ないんだけど、彼らを歓迎する宴を開きたいんだ。任せていいかな？」

「勿論でございます！　お任せください！」

俺の頼みをダイラスが快く引き受けてくれる。

それから少し互いについて話した後、俺たちはビルを後にした。

ラミアの代表のルーミアがいる機織《はたお》り工房が、次の目的地だった。

ルーミアが管理しているこの機織り工房では、手先の器用なラミアが働いている。

工房に入るとズラリと並ぶ機織り機。

ラミアたちは楽しそうに話をしながら機織りをし、カラカラと小気味好い音が響いていた。

それから美しい模様の織物が出来てくる。エルフの国では結構な人気だったりする。

「あらあら、ナギ様、ヨナ様、ルト様。ようこそお越しくださいました」

ちょうどそこにいたルーミアが笑顔で近づいてきた。

美しい外見にレニアールが少し緊張しているのを感じる。

「お帰りになられたと聞いておりました。お帰りなさいませ。どうぞこちらへ」

奥の部屋に案内してくれたルーミアにお礼を言った。

「ありがとう、客人を紹介したくて来たんだ」

勇者たちとアンニアの自己紹介が終わった後、ルーミアが挨拶を始めた。

「はじめまして。私はラミア族の代表をしておりますルーミアと申します。皆様には私達がどういう種族なのか知っていただけたらと思います。どうぞよろしくお願いいたします」

ルーミアからは、自分たちは決して魔族に関わる存在ではないということを知ってほしいと願う心を感じた。

ラミアたちこそ、このサンヴィレッジオに逃げてこられたから今は幸せに暮らしているが、逃げられずに今この瞬間も苦しんでいる者もいるだろう。

見た目から勘違いされて生きづらく感じる種族もいるはずだ。

勇者たちの手で、その者たちを救ってくれることをルーミアは切に願っているようだった。

ラミアたちが作った織物を見せてもらいながら、色々話はできたと思う。

勇者にとっても、貴重な経験になったのではないかと感じた。

それからドワーフたちのいる鍛冶工房がある区に向かった。

煙がたくさん立ち上るのが目に入り、鍛冶工房が密集する区域に近づくにつれて鉄を叩く大きな音が聞こえてきた。あちこちから熱気が伝わってくる。

俺たちが用があるのは、その中でも一際大きな工房だ。

水の膜でヨナとルト、勇者たちとアンニアを覆って強烈な熱気から守りながら、その工房の中に入る。中央には大きな炉があって、今まさに大量の鉄が作られているところだった。

轟々と鳴る音に負けないドワーフの怒号がそこかしこから飛んでくる。

その迫力に勇者たちとアンニアは驚いていた。

「おう、ナギ様じゃねーか！　そんなところで何してる！」

大きな声で聞いてくるのは、この工房の責任者でドワーフの代表のガエルードだ。

「落ち着けるところで話したいんだけどいいかな？」

普通なら轟音にかき消される声だが、精霊の力で俺の声をガエルードに届ける。

「こっちだ！　ついてこい！」

ガエルードの鍛冶工房を出て隣の建物に案内される。

その建物は壁が分厚く、コンクリート並で外の音がかなり遮断された。

「ここならお前たちでも話せるだろ。ガハハハ！」

豪快に笑うガエルード。

「で、何しに来たんだ？」

「しばらくサンヴィレッジオに滞在する客人を案内してるんだよ。ついでにガエルードに紹介しておこうと思ってね」

「なんだ、そういうことか！」

勇者たちはガエルードに圧倒されつつも自己紹介をする。

アンニアはガエルードの迫力をものともしておらず、平然としていた。

「おう、そいつらが勇者か。まだまだひよっこじゃねーか」

ガエルードからしてみたら、今の勇者たちはまだまだのようだ。

ひよっこと言われた勇者たちは内心で少しカチンときている。

「まだまだ発展途上です。伸びしろは大きくあります」

アンニアが笑顔で答える。だけど瞳の奥で炎が燃えているのを俺は感じた。

「ガハハハ！　もしクロクソープスを倒せたら、お前たちに武器を作ってやろう！」

クロクソープスは別名鋼の巨人と呼ばれている。

鉱石を好んで食べ、体内で精製して身体を強化し、その副産物として特殊な金属が体内に蓄えられる特徴がある。ドワーフの天敵だ。

「本当だな！」

レニアールはキッとガエルードを睨み付ける。

「おう！　ドワーフに二言はない！」

ニヤリと密かに笑みを浮かべるガエルードを、俺は見逃さなかった。

そして彼は忙しいと言って工房に行ってしまった。

建物を後にして次はアルミナの所に向う。

サンヴィレッジオの広場に続く通り沿いにいくつもの商店が並んでいて、そこにある五階建てのビルに行く。

そのビルはアルミナの所有で、沢山の人が出入りしていて賑わっていた。

一階から三階までが店舗エリアで、四階が従業員エリア、五階がアルミナの執務室となっている。

「いらっしゃいませ！　あ、ナギ様！　それにヨナ様とルト様も！　ようこそ！」

そのビルで働くダークエルフの女性が元気よく挨拶をする。

「アルミナはいる？」

「はい！　ご案内いたします！」

五階の奥の部屋に案内される。

「会長、ナギ様がお見えになりました！」

執務室《しつむしつ》からドタドタと音がしてドアが開き、少し慌てた様子のアルミナが声をかける。

「どうぞ中へ！」

執務室の中に通される。高価な調度品や絵画が飾られていて、かなり儲けているのがわかる。

「どうぞお掛けになってください！」

「急に来てごめんね。アルミナに紹介しておきたい人がいてさ」

「紹介といいますと、そちらの方々ですか？」

「うん。しばらくサンヴィレッジオに滞在することになった勇者と聖騎士だよ」

本日何度目かの自己紹介をする勇者たちとアンニア。目の前にいるのが勇者と聞き、アルミナは驚きを隠せないでいる。

「は、はじめまして！　サンヴィレッジオで商会を営んでおりますアルミナと申します！　ど、どうぞお見知りおきください！」

緊張した様子で深く頭を下げる。本来ならそういう反応が正しいのだろう。

勇者たちはどんな商品を取り扱っているのかアルミナに色々聞いていた。

同じ人間ということでレニアール、マーシアル、アンニアは特に興味を持ったようだ。後日ゆっくりお店を見に行くと約束していた。

一通り案内して、このサンヴィレッジオの主要人物にも顔見せは出来た。

後はフィリーたちを紹介したいところだけど、まだダンジョンの攻略から帰ってきていないみたいなので、今度時間があるときにしよう。

ルオとニオも研究のためにフィリーたちに付いていっているのか、ユウキの手伝いをしているのかわからないが、こっちも不在だった。

家に戻ってきた俺たちは遅い昼食を取って休む。

夕方になって宴の準備が出来たという知らせを受け、皆で広場に向かった。

そこには大勢の人が集まっていた。

ダークエルフやラミアたちはまだ距離を感じるが、定住してきた獣人やドワーフ、エルフや竜人とは結構仲良くできているみたいだった。

おかげで楽しい宴になった。

サンヴィレッジオに慣れてもらうために明日から数日自由行動にして、勇者たちやアンニアにいろんな所を見せて回ることが決まった。

深夜、湖に意識を戻して休息する。

『やっと落ち着けるな』

満点の星空を眺めながら、一息ついた。時折、流れ星が流れたりと見ていて全く飽きない。

今はいろんなことがあって忙しいけど、いつかはのんびり気ままに日々を過ごせるようになることを願った。

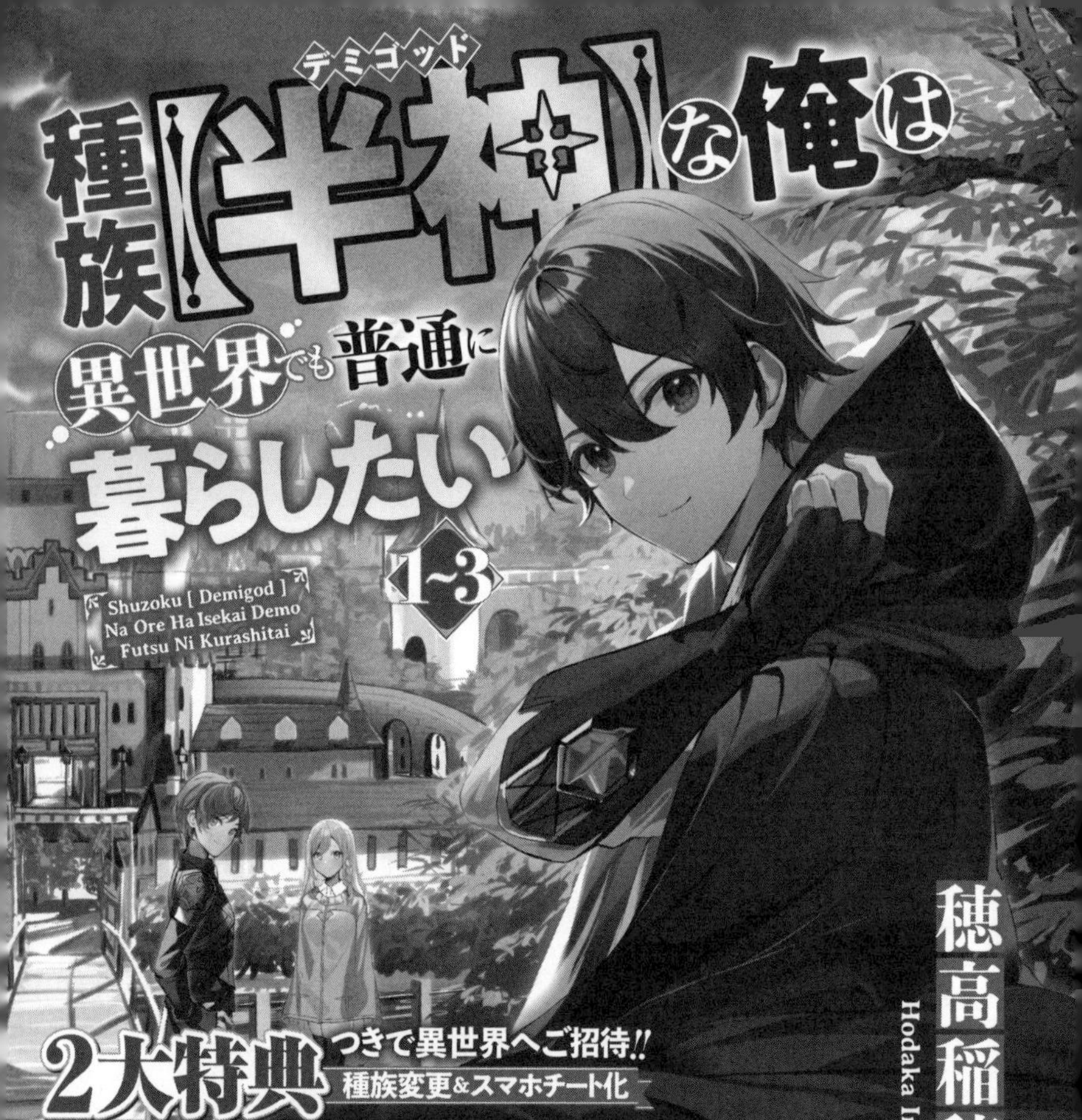

遊戯と享楽を司る神、メシュフィムの気まぐれで、異世界に招待された青年、西園寺玲真《さいおんじりょうま》。しかも、スマホをチート仕様にした上に、激レア種族「半神《デミゴッド》」にするという特典付き。戸惑い半分ワクワク半分の玲真は、スマホに表示されるチュートリアルに従って街へ向かい、冒険者として活動を始めることに。しかしそこで種族がバレると、「神の使徒」だと騒ぎになってしまい――!?　激レア種族になったけど、なるべくバレずに静かに冒険したい！　なりたて半神の異世界ライフ、開幕！

●各定価：1320円（10%税込）　●Illustration：珀石碧

1~3巻好評発売中!

The Record by an Old Guy in the World of Virtual Reality Massively Multiplayer Online
とあるおっさんのVRMMO活動記
1〜27
椎名ほわほわ
Shiina Howahowa
アルファポリス第6回ファンタジー小説大賞読者賞受賞作!!
累計150万部突破の大人気作
（電子含む）
ついにTVアニメ化決定!!!
コミックス1〜10巻好評発売中!
超自由度を誇る新型VRMMO「ワンモア・フリーライフ・オンライン」の世界にログインした、フツーのゲーム好き会社員・田中大地《たなかだいち》。モンスター退治に全力で挑むもよし、気ままに冒険するもよしのその世界で彼が選んだのは、使えないと評判のスキルを究める地味プレイだった!
——冴えないおっさん、VRMMOファンタジーで今日も我が道を行く!
1〜27巻 好評発売中!
各定価：1320円（10%税込） illustration：ヤマーダ
現実じゃ冴えない会社員でもVRMMOの中では名うてのスキル職人!?
漫 画：六堂秀哉 B6判
各定価：748円（10%税込
アルファポリスHPにて大好評連載中!
アルファポリス 漫画
検索

サラリーマンだった俺は、ある日気が付くと、ゲームの悪役令息、クラウスになっていた。このキャラは原作ゲームの通りに進めば、主人公である勇者に処刑されてしまう。そこで——まずはダイエットすることに。というのも、痩せて周囲との関係を改善すれば、処刑ルートを回避できると考えたのだ。そうしてダイエットをスタートした俺だったが、想定外のトラブルに巻き込まれ始める。勇者に目を付けられないように、あんまり目立ちたくないんだけど……俺のことは放っておいてくれ！

◉定価：1320円（10％税込） ISBN 978-4-434-32044-6 ◉illustration：華山ゆかり

この作品に対する皆様のご意見・ご感想をお待ちしております。
おハガキ・お手紙は以下の宛先にお送りください。

【宛先】
〒150-6008 東京都渋谷区恵比寿 4-20-3 恵比寿ｶﾞｰﾃﾞﾝﾌﾟﾚｲｽﾀﾜｰ 8F
（株）アルファポリス　書籍感想係

メールフォームでのご意見・ご感想は右のＱＲコードから、
あるいは以下のワードで検索をかけてください。

アルファポリス　書籍の感想　検索

ご感想はこちらから

本書は Web サイト「アルファポリス」（https://www.alphapolis.co.jp/）に投稿されたものを、改題・改稿のうえ、書籍化したものです。

異世界《いせかい》で水《みず》の大精霊《だいせいれい》やってます。2

湖《みずうみ》に転移《てんい》した俺《おれ》の働《はたら》かない辺境開拓《へんきょうかいたく》

穂高稲穂（ほだかいなほ）

2023年　5月31日初版発行

編集－小島正寛・仙波邦彦・宮坂剛
編集長－太田鉄平
発行者－梶本雄介
発行所－株式会社アルファポリス
〒150-6008 東京都渋谷区恵比寿4-20-3 恵比寿ｶﾞｰﾃﾞﾝﾌﾟﾚｲｽﾀﾜｰ8F
TEL 03-6277-1601（営業）　03-6277-1602（編集）
URL https://www.alphapolis.co.jp/
発売元－株式会社星雲社（共同出版社・流通責任出版社）
〒112-0005 東京都文京区水道1-3-30
TEL 03-3868-3275
装丁・本文イラスト－つなかわ
装丁デザイン－AFTERGLOW
印刷－中央精版印刷株式会社

価格はカバーに表示されてあります。
落丁乱丁の場合はアルファポリスまでご連絡ください。
送料は小社負担でお取り替えします。

ISBN 978-4-434-32041-5 C0093